Le Papa de Simon
et autres nouvelles

ÉTONNANTS • CLASSIQUES

MAUPASSANT

Le Papa de Simon
et autres nouvelles

Présentation, notes et chronologie par
NADINE SATIAT,
docteur en littérature comparée

Dossier et Cahier photos par
ANNE DUCHADEUIL et FLORIAN LEPETIT,
professeurs de lettres

Flammarion

Du même auteur
dans la collection « Étonnants Classiques »

Bel-Ami
Boule de suif
La Ficelle et autres nouvelles des champs
La Parure et autres scènes de la vie parisienne
Le Horla et autres contes fantastiques
Pierre et Jean
Toine et autres contes normands
Une partie de campagne et autres nouvelles au bord de l'eau
Une vie

ZOLA, HUYSMANS, MAUPASSANT, *Trois Nouvelles naturalistes*

Édition revue, 2012 et 2020.
ISBN : 978-2-0815-1842-1
ISNN : 1269-8822

SOMMAIRE

Le Papa de Simon
et autres nouvelles

Dossier

PRÉSENTATION

Pour Anne-Lise

Une enfance douloureuse

Guy de Maupassant naît en Normandie en 1850. Sa mère, Laure, est une belle femme de vingt-neuf ans, passionnée de littérature. Elle a vécu toute sa jeunesse dans l'admiration de son frère, Alfred, poète et ami intime d'un homme qui allait devenir l'un des plus grands écrivains du XIXe siècle, Gustave Flaubert.

Le père de Maupassant, Gustave, éprouve quant à lui peu d'intérêt pour la littérature. Il ne tarde pas à s'ennuyer avec sa femme, dont le caractère difficile et autoritaire l'exaspère.

En 1856, le couple a un deuxième fils, Hervé, puis la discorde éclate. Gustave ne pense plus qu'à s'échapper de la maison, Laure ne supporte pas les infidélités de son mari, qui dépense sans compter pour ses plaisirs.

Guy n'a pas encore dix ans mais commence à comprendre ce qui se passe entre ses parents, et assiste avec épouvante à quelques disputes violentes, qui lui laissent une impression très douloureuse. Comment croire à l'amour et au mariage après une telle expérience ? Maupassant gardera toujours le plus grand pessimisme quant aux rapports entre hommes et femmes.

En 1860, les parents de Maupassant se séparent.

Une jeunesse normande

Laure se retire alors avec ses enfants en Normandie, dans une maison élégante d'Étretat, et s'occupe de leur éducation. Elle donne à Guy le goût de la poésie, lui lit de grandes œuvres littéraires. Un abbé vient à la maison et enseigne aux deux frères le calcul, la grammaire et le latin. Ce n'est pas encore le temps de Jules Ferry et de l'école obligatoire !

La leçon terminée, Guy, robuste garçon, s'échappe vers la plage, joue avec les gamins du lieu. Il court dans la nature, s'enivre de sensations délicieuses, explore la campagne normande avec ses fermes, ses pommiers. Il n'oubliera jamais les paysans qu'il rencontre alors, leur patois, leurs coutumes – bien décrits dans des nouvelles comme *Aux champs*, *Le Baptême* ou *Boitelle*.

Mis en pension dans un collège religieux, Guy, si vagabond, souffre d'être enfermé. Il lit beaucoup et commence à écrire des vers, qu'il envoie à sa mère. Celle-ci n'a pas de plus cher désir que de le voir devenir écrivain.

En 1869, il obtient son baccalauréat au lycée de Rouen. Sa mère montre ses essais littéraires à Flaubert, son ami d'enfance, qui est devenu célèbre avec son grand roman *Madame Bovary* (1857).

Les débuts dans la vie : du bureau aux bords de la Seine

En 1870, c'est la guerre : Maupassant, qui sert dans les bureaux de l'armée, assiste à l'invasion prussienne. Il doit désormais gagner sa vie. Entre 1872 et 1880, il travaille au ministère de la Marine, puis au ministère de l'Instruction publique – tel François Tessier dans la nouvelle intitulée *Le Père*. Comme lui, il s'échappe le dimanche aux environs de Paris.

Ses lieux favoris, sur les bords de la Seine où il fait de l'aviron, sont aussi ceux des peintres impressionnistes, Renoir, Monet. Souvent, en lisant les descriptions de Maupassant, on croit « lire » un tableau impressionniste.

Employés et ouvriers en goguette se régalent de friture et de vin blanc sous les tonnelles, dansent, séduisent les jeunes femmes. Tout cela est très gai. Mais cette insouciance chahuteuse a parfois des conséquences difficiles à assumer... Qu'arrive-t-il aux enfants nés de ces amours du dimanche, comme d'ailleurs aux enfants conçus par hasard, un jour de moisson, à la campagne ? Maupassant montre la lâcheté cruelle des hommes. Dans *Le Père*, lorsqu'il apprend que Louise attend un enfant, François Tessier déménage, tout simplement, en pleine nuit, sans rien dire.

Maupassant écrivain à succès et homme tourmenté

Pendant les huit années au cours desquelles il est employé de bureau, Maupassant apprend aussi et surtout le métier d'écrivain sous la direction de Flaubert, qui ne veut rien lui laisser publier avant qu'il ait atteint la perfection. Il a raison : lorsque finalement Maupassant publie, en 1880, sa première nouvelle importante, *Boule de suif*, le succès est immédiat !

Maupassant est dès lors lancé dans la vie littéraire. En l'espace de dix ans, il écrit toute son œuvre, six romans et environ trois cents contes et nouvelles. Les histoires parisiennes et normandes reflètent sa vision cruelle des mœurs contemporaines ; les contes fantastiques révèlent ses inquiétudes personnelles. Il rédige aussi de nombreux articles de journaux, et gagne largement sa vie. Invité et fêté partout, il vit à sa guise, voyage, s'achète un voilier.

Sa vie personnelle n'est cependant jamais vraiment heureuse. Bel homme, il a beaucoup de succès avec les femmes, mais ne partage sa vie avec aucune. On pense qu'il a, en secret, trois enfants d'une femme qui n'est qu'une simple modiste, et que, comme certains de ses personnages, il refuse de les reconnaître et de les élever.

Au fil des années, le caractère de Maupassant s'assombrit, et son angoisse se reflète de plus en plus dans ses œuvres, en particulier dans la plus célèbre de ses nouvelles fantastiques, *Le Horla*. La maladie le ronge, il souffre des yeux, de l'estomac, des nerfs. Son frère, atteint comme lui de paralysie générale, meurt fou en 1889. Et Maupassant lui-même, après dix-huit mois d'internement dans une clinique psychiatrique, meurt fou en 1893, à l'âge de quarante-trois ans.

Qu'on ne s'attende donc pas à lire ici des histoires d'enfants à la manière de la comtesse de Ségur ! Maupassant n'écrit pas *pour* les enfants, et il met en scène enfants et jeunes gens dans des histoires autrement plus tragiques et plus noires que *Les Malheurs de Sophie*.

Dans l'œuvre de Maupassant, les enfants ne grandissent pas dans un univers protégé, à part. Dès leur plus jeune âge, ils sont confrontés très directement aux réalités cruelles du monde des adultes, à toutes les bassesses du cœur humain. En conséquence, ils se comportent souvent eux-mêmes avec la plus grande cruauté, n'hésitant pas à accabler plus petit qu'eux (comme dans *Le Papa de Simon*), ou à torturer un pauvre animal (comme dans *Coco*).

Maupassant décrit leurs émotions, leurs drames et leurs destins avec dignité, tendresse et pitié, mais absolument sans niaiserie. C'est le ton d'un homme très sensible, qui connaît d'expérience la profondeur des traces que laissent, pour toute la vie, les grandes souffrances de l'enfance et de la jeunesse.

CHRONOLOGIE

1850 1893

■ Repères historiques et culturels

■ Vie et œuvre de l'auteur

Repères historiques et culturels

1851-1852 Coup d'État de Napoléon III et début du Second Empire.

1857 Gustave Flaubert, ami d'enfance de la mère de Maupassant, publie son célèbre roman *Madame Bovary*.

1870 Guerre contre la Prusse et invasion de la France.

1871 Fin du second Empire et début de la IIIe République.

1874 Première exposition des peintres impressionnistes.

1877 Émile Zola connaît un grand succès avec *L'Assommoir*.

Vie et œuvre de l'auteur

1850 Naissance de Guy de Maupassant en Normandie, près de Dieppe. (C'est l'année de la mort d'un autre grand écrivain : Honoré de Balzac, auteur de *La Comédie humaine*).

1856 Naissance du frère de Maupassant, Hervé.

1860 Les parents de Guy et Hervé se séparent.

1863-1868 Maupassant est pensionnaire dans un collège religieux en Normandie.

1869 Maupassant, interne au lycée de Rouen, obtient son baccalauréat. Il écrit de la poésie.

1870 Maupassant est soldat puis travaille dans les bureaux de l'armée.

1872-1880 Maupassant est employé au ministère de la Marine, puis au ministère de l'Instruction publique.
Il s'échappe le dimanche à la campagne, et fait du canot sur la Seine.
Il apprend le métier d'écrivain avec Gustave Flaubert.

1880 Maupassant publie sa première nouvelle importante, *Boule de suif*, dans un volume collectif auquel participent Zola et ses amis écrivains.

Repères historiques et culturels

1885 Zola publie *Germinal*.

1889 Inauguration de la tour Eiffel pour l'Exposition universelle de Paris.

Vie et œuvre de l'auteur

1880-1890 Maupassant écrit toute son œuvre littéraire en dix ans, environ trois cents contes et six romans, dont les plus célèbres sont :
– *Une vie* (1883)
– *Bel-Ami* (1885)
– *Pierre et Jean* (1888).
Maupassant est de plus en plus malade. Son frère Hervé, atteint de la même maladie que lui, meurt fou en 1889.

1891-1893 Maupassant est si malade qu'il ne peut presque plus écrire.
La paralysie générale atteint son cerveau, et il devient progressivement fou.
Pendant un an et demi, il est interné dans une clinique, où il meurt le 6 juillet 1893.

Le Papa de Simon
et autres nouvelles

■ *Le Papa de Simon*, illustration de René Leloue dans *La Maison Tellier*.

Le Papa de Simon

Midi finissait de sonner. La porte de l'école s'ouvrit, et les gamins se précipitèrent en se bousculant pour sortir plus vite. Mais au lieu de se disperser rapidement et de rentrer dîner[1], comme ils le faisaient chaque jour, ils s'arrêtèrent à quelques pas, se réunirent par groupes et se mirent à chuchoter.

C'est que, ce matin-là, Simon, le fils de la Blanchotte, était venu à la classe pour la première fois.

Tous avaient entendu parler de la Blanchotte dans leurs familles ; et quoiqu'on lui fît bon accueil en public, les mères la traitaient entre elles avec une sorte de compassion un peu méprisante qui avait gagné les enfants sans qu'ils sussent du tout pourquoi.

Quant à Simon, ils ne le connaissaient pas, car il ne sortait jamais, et il ne galopinait point avec eux dans les rues du village ou sur les bords de la rivière. Aussi ne l'aimaient-ils guère ; et c'était avec une certaine joie, mêlée d'un étonnement considérable, qu'ils avaient accueilli et qu'ils s'étaient répété l'un à l'autre cette parole dite par un gars de quatorze ou quinze ans qui paraissait en savoir long tant il clignait finement des yeux :

« Vous savez… Simon… eh bien, il n'a pas de papa. »

Le fils de la Blanchotte parut à son tour sur le seuil de l'école.

---

1. ***Dîner*** : le mot désignait couramment le repas de midi dans les campagnes.

Il avait sept ou huit ans. Il était un peu pâlot, très propre, avec l'air timide, presque gauche.

Il s'en retournait chez sa mère quand les groupes de ses camarades, chuchotant toujours et le regardant avec les yeux malins et cruels des enfants qui méditent un mauvais coup, l'entourèrent peu à peu et finirent par l'enfermer tout à fait. Il restait là, planté au milieu d'eux, surpris et embarrassé, sans comprendre ce qu'on allait lui faire. Mais le gars qui avait apporté la nouvelle, enorgueilli du succès obtenu déjà, lui demanda :

« Comment t'appelles-tu, toi ? »

Il répondit : « Simon.

– Simon quoi ? » reprit l'autre.

L'enfant répéta tout confus : « Simon. »

Le gars lui cria : « On s'appelle Simon quelque chose... c'est pas un nom, ça... Simon. »

Et lui, prêt à pleurer, répondit pour la troisième fois :

« Je m'appelle Simon. »

Les galopins se mirent à rire. Le gars triomphant éleva la voix : « Vous voyez bien qu'il n'a pas de papa. »

Un grand silence se fit. Les enfants étaient stupéfaits par cette chose extraordinaire, impossible, monstrueuse, – un garçon qui n'a pas de papa ; – ils le regardaient comme un phénomène, un être hors de la nature, et ils sentaient grandir en eux ce mépris, inexpliqué jusque-là, de leurs mères pour la Blanchotte.

Quant à Simon, il s'était appuyé contre un arbre pour ne pas tomber ; et il restait comme atterré par un désastre irréparable. Il cherchait à s'expliquer. Mais il ne pouvait rien trouver pour leur répondre, et démentir cette chose affreuse qu'il n'avait pas de papa. Enfin, livide, il leur cria à tout hasard : « Si, j'en ai un.

– Où est-il ? » demanda le gars.

Simon se tut ; il ne savait pas. Les enfants riaient, très excités ; et ces fils des champs, plus proches des bêtes, éprouvaient ce besoin cruel qui pousse les poules d'une basse-cour à achever l'une d'entre elles aussitôt qu'elle est blessée. Simon avisa[1] tout à coup un petit voisin, le fils d'une veuve, qu'il avait toujours vu, comme lui-même, tout seul avec sa mère.

« Et toi non plus, dit-il, tu n'as pas de papa.

– Si, répondit l'autre, j'en ai un.

– Où est-il ? riposta Simon.

– Il est mort, déclara l'enfant avec une fierté superbe, il est au cimetière, mon papa. »

Un murmure d'approbation courut parmi les garnements, comme si ce fait d'avoir son père mort au cimetière eût grandi leur camarade pour écraser cet autre qui n'en avait point du tout. Et ces polissons, dont les pères étaient, pour la plupart, méchants, ivrognes, voleurs et durs à leurs femmes, se bousculaient en se serrant de plus en plus, comme si eux, les légitimes[2], eussent voulu étouffer dans une pression celui qui était hors la loi.

L'un, tout à coup, qui se trouvait contre Simon, lui tira la langue d'un air narquois et lui cria :

« Pas de papa ! pas de papa ! »

Simon le saisit à deux mains aux cheveux et se mit à lui cribler les jambes de coups de pied, pendant qu'il lui mordait la joue cruellement. Il se fit une bousculade énorme. Les deux combattants furent séparés, et Simon se trouva frappé, déchiré, meurtri, roulé par terre, au milieu du cercle des galopins qui applaudissaient. Comme il se relevait, en nettoyant machinalement avec sa main sa petite blouse toute sale de poussière, quelqu'un lui cria :

« Va le dire à ton papa. »

Alors il sentit dans son cœur un grand écroulement. Ils étaient plus forts que lui, ils l'avaient battu, et il ne pouvait point leur répondre, car il sentait bien que c'était vrai qu'il n'avait pas de

---

1. ***Avisa*** : aperçut.

2. ***Les légitimes*** : la loi appelle « enfants légitimes » les enfants nés d'un père et d'une mère unis par le mariage.

papa. Plein d'orgueil, il essaya pendant quelques secondes de lutter contre les larmes qui l'étranglaient. Il eut une suffocation, puis, sans cris, il se mit à pleurer par grands sanglots qui le secouaient précipitamment.

Alors une joie féroce éclata chez ses ennemis, et naturellement, ainsi que les sauvages dans leurs gaietés terribles, ils se prirent par la main et se mirent à danser en rond autour de lui, en répétant comme un refrain : « Pas de papa ! pas de papa ! »

Mais Simon tout à coup cessa de sangloter. Une rage l'affola [1]. Il y avait des pierres sous ses pieds ; il les ramassa et, de toutes ses forces, les lança contre ses bourreaux. Deux ou trois furent atteints et se sauvèrent en criant ; et il avait l'air tellement formidable [2] qu'une panique eut lieu parmi les autres. Lâches, comme l'est toujours la foule devant un homme exaspéré [3], ils se débandèrent [4] et s'enfuirent.

Resté seul, le petit enfant sans père se mit à courir vers les champs, car un souvenir lui était venu qui avait amené dans son esprit une grande résolution. Il voulait se noyer dans la rivière.

Il se rappelait en effet que, huit jours auparavant, un pauvre diable qui mendiait sa vie s'était jeté dans l'eau parce qu'il n'avait plus d'argent. Simon était là lorsqu'on le repêchait ; et le triste bonhomme, qui lui semblait ordinairement lamentable, malpropre et laid, l'avait alors frappé par son air tranquille, avec ses joues pâles, sa longue barbe mouillée et ses yeux ouverts, très calmes. On avait dit alentour : « Il est mort. » Quelqu'un avait ajouté : « Il est bien heureux maintenant. » Et Simon voulait aussi se noyer, parce qu'il n'avait pas de père, comme ce misérable qui n'avait pas d'argent.

---

1. ***Affola*** : rendit fou (sens fort).
2. ***Formidable*** : terrible, redoutable.
3. ***Exaspéré*** : poussé à bout, furieux (sens fort).
4. ***Se débandèrent*** : se dispersèrent.

Il arriva tout près de l'eau et la regarda couler. Quelques poissons folâtraient, rapides, dans le courant clair, et, par moments, faisaient un petit bond et happaient des mouches voltigeant à la surface. Il cessa de pleurer pour les voir, car leur manège l'intéressait beaucoup. Mais, parfois, comme dans les accalmies d'une tempête passent tout à coup de grandes rafales de vent qui font craquer les arbres et se perdent à l'horizon, cette pensée lui revenait avec une douleur aiguë : « Je vais me noyer parce que je n'ai point de papa. »

Il faisait très chaud, très bon. Le doux soleil chauffait l'herbe. L'eau brillait comme un miroir. Et Simon avait des minutes de béatitude, de cet alanguissement[1] qui suit les larmes, où il lui venait de grandes envies de s'endormir là, sur l'herbe, dans la chaleur.

Une petite grenouille verte sauta sous ses pieds. Il essaya de la prendre. Elle lui échappa. Il la poursuivit et la manqua trois fois de suite. Enfin il la saisit par l'extrémité de ses pattes de derrière et il se mit à rire en voyant les efforts que faisait la bête pour s'échapper. Elle se ramassait sur ses grandes jambes, puis d'une détente brusque, les allongeait subitement, raides comme deux barres ; tandis que, l'œil tout rond avec son cercle d'or, elle battait l'air de ses pattes de devant qui s'agitaient comme des mains. Cela lui rappela un joujou fait avec d'étroites planchettes de bois clouées en zigzag les unes sur les autres, qui, par un mouvement semblable, conduisaient l'exercice de petits soldats piqués dessus. Alors, il pensa à sa maison, puis à sa mère, et, pris d'une grande tristesse, il recommença à pleurer. Des frissons lui passaient dans les membres ; il se mit à genoux et récita sa prière comme avant de s'endormir. Mais il ne put l'achever, car des sanglots lui revinrent si pressés, si tumultueux, qu'ils l'envahirent tout entier.

---

1. ***Alanguissement*** : mollesse.

Il ne pensait plus ; il ne voyait plus rien autour de lui et il n'était occupé qu'à pleurer.

Soudain, une lourde main s'appuya sur son épaule et une grosse voix lui demanda : « Qu'est-ce qui te fait donc tant de chagrin, mon bonhomme ? »

Simon se retourna. Un grand ouvrier qui avait une barbe et des cheveux noirs tout frisés le regardait d'un air bon. Il répondit avec des larmes plein les yeux et plein la gorge :

« Ils m'ont battu… parce que… je… je… n'ai pas… de papa… pas de papa.

– Comment, dit l'homme en souriant, mais tout le monde en a un. »

L'enfant reprit péniblement au milieu des spasmes[1] de son chagrin : « Moi… moi… je n'en ai pas. »

Alors l'ouvrier devint grave ; il avait reconnu le fils de la Blanchotte, et, quoique nouveau dans le pays, il savait vaguement son histoire.

« Allons, dit-il, console-toi, mon garçon, et viens-t'en avec moi chez ta maman. On t'en donnera… un papa. »

Ils se mirent en route, le grand tenant le petit par la main, et l'homme souriait de nouveau, car il n'était pas fâché de voir cette Blanchotte, qui était, contait-on, une des plus belles filles du pays ; et il se disait peut-être, au fond de sa pensée, qu'une jeunesse qui avait failli[2] pouvait bien faillir encore.

Ils arrivèrent devant une petite maison blanche, très propre.

« C'est là », dit l'enfant, et il cria : « Maman ! »

Une femme se montra, et l'ouvrier cessa brusquement de sourire, car il comprit tout de suite qu'on ne badinait[3] plus avec cette grande fille pâle qui restait sévère sur sa porte, comme pour défendre à un homme le seuil de cette maison où elle avait été

1. ***Spasmes*** : hoquets.
2. ***Avait failli*** : avait commis une faute.
3. ***Badinait*** : plaisantait.

déjà trahie par un autre. Intimidé et sa casquette à la main, il balbutia :

« Tenez, madame, je vous ramène votre petit garçon qui s'était perdu près de la rivière. »

Mais Simon sauta au cou de sa mère et lui dit en se remettant à pleurer :

« Non, maman, j'ai voulu me noyer, parce que les autres m'ont battu… m'ont battu… parce que je n'ai pas de papa. »

Une rougeur cuisante couvrit les joues de la jeune femme, et, meurtrie jusqu'au fond de sa chair, elle embrassa son enfant avec violence pendant que des larmes rapides lui coulaient sur la figure. L'homme ému restait là, ne sachant comment partir. Mais Simon soudain courut vers lui et lui dit :

« Voulez-vous être mon papa ? »

Un grand silence se fit. La Blanchotte, muette et torturée de honte, s'appuyait contre le mur, les deux mains sur son cœur. L'enfant, voyant qu'on ne lui répondait point, reprit :

« Si vous ne voulez pas, je retournerai me noyer. »

L'ouvrier prit la chose en plaisanterie et répondit en riant :

« Mais oui, je veux bien.

– Comment est-ce que tu t'appelles, demanda alors l'enfant, pour que je réponde aux autres quand ils voudront savoir ton nom ?

– Philippe », répondit l'homme.

Simon se tut une seconde pour bien faire entrer ce nom-là dans sa tête, puis il tendit les bras, tout consolé, en disant :

« Eh bien ! Philippe, tu es mon papa. »

L'ouvrier, l'enlevant de terre, l'embrassa brusquement sur les deux joues, puis il s'enfuit très vite à grandes enjambées.

Quand l'enfant entra dans l'école, le lendemain, un rire méchant l'accueillit ; et à la sortie, lorsque le gars voulut recommencer, Simon lui jeta ces mots à la tête, comme il aurait fait d'une pierre : « Il s'appelle Philippe, mon papa. »

Des hurlements de joie jaillirent de tous les côtés :

« Philippe qui ?... Philippe quoi ?... Qu'est-ce que c'est que ça, Philippe ?... Où l'as-tu pris, ton Philippe ? »

Simon ne répondit rien ; et, inébranlable dans sa foi, il les défiait de l'œil, prêt à se laisser martyriser plutôt que de fuir devant eux. Le maître d'école le délivra et il retourna chez sa mère.

Pendant trois mois, le grand ouvrier Philippe passa souvent près de la maison de la Blanchotte et, quelquefois, il s'enhardissait à lui parler lorsqu'il la voyait cousant auprès de sa fenêtre. Elle lui répondait poliment, toujours grave, sans rire jamais avec lui, et sans le laisser entrer chez elle. Cependant, un peu fat[1] comme tous les hommes, il s'imagina qu'elle était souvent plus rouge que de coutume lorsqu'elle causait avec lui.

Mais une réputation tombée est si pénible à refaire et demeure toujours si fragile, que, malgré la réserve ombrageuse[2] de la Blanchotte, on jasait déjà dans le pays.

Quant à Simon, il aimait beaucoup son nouveau papa et se promenait avec lui presque tous les soirs, la journée finie. Il allait assidûment à l'école et passait au milieu de ses camarades fort digne, sans leur répondre jamais.

Un jour, pourtant, le gars qui l'avait attaqué le premier lui dit :

« Tu as menti, tu n'as pas un papa qui s'appelle Philippe.

– Pourquoi ça ? » demanda Simon très ému.

Le gars se frottait les mains. Il reprit :

« Parce que si tu en avais un, il serait le mari de ta maman. »

Simon se troubla devant la justesse de ce raisonnement, néanmoins il répondit : « C'est mon papa tout de même.

– Ça se peut bien, dit le gars en ricanant, mais ce n'est pas ton papa tout à fait. »

1. ***Fat*** : prétentieux.
2. ***Ombrageuse*** : méfiante, farouche.

Le petit à la Blanchotte courba la tête et s'en alla rêver du côté de la forge au père Loizon, où travaillait Philippe.

Cette forge était comme ensevelie sous des arbres. Il y faisait très sombre ; seule, la lueur rouge d'un foyer formidable [1] éclairait par grands reflets cinq forgerons aux bras nus qui frappaient sur leurs enclumes avec un terrible fracas. Ils se tenaient debout, enflammés comme des démons, les yeux fixés sur le fer ardent qu'ils torturaient ; et leur lourde pensée montait et retombait avec leurs marteaux.

Simon entra sans être vu et alla tout doucement tirer son ami par la manche. Celui-ci se retourna. Soudain le travail s'interrompit, et tous les hommes regardèrent, très attentifs. Alors, au milieu de ce silence inaccoutumé, monta la petite voix frêle de Simon.

« Dis donc, Philippe, le gars à la Michaude m'a conté tout à l'heure que tu n'étais pas mon papa tout à fait.

– Pourquoi ça ? » demanda l'ouvrier.

L'enfant répondit avec toute sa naïveté :

« Parce que tu n'es pas le mari de maman. »

Personne ne rit. Philippe resta debout, appuyant son front sur le dos de ses grosses mains que supportait le manche de son marteau dressé sur l'enclume. Il rêvait. Ses quatre compagnons le regardaient et, tout petit entre ces géants, Simon, anxieux, attendait. Tout à coup, un des forgerons, répondant à la pensée de tous, dit à Philippe :

« C'est tout de même une bonne et brave fille que la Blanchotte, et vaillante et rangée malgré son malheur, et qui serait une digne femme pour un honnête homme.

– Ça, c'est vrai », dirent les trois autres.

L'ouvrier continua :

---

1. ***Formidable*** : voir note 2, p. 24.

« Est-ce sa faute, à cette fille, si elle a failli ? On lui avait promis mariage, et j'en connais plus d'une qu'on respecte bien aujourd'hui et qui en a fait tout autant.

– Ça, c'est vrai », répondirent en chœur les trois hommes.

Il reprit : « Ce qu'elle a peiné la pauvre, pour élever son gars toute seule, et ce qu'elle a pleuré depuis qu'elle ne sort plus que pour aller à l'église, il n'y a que le bon Dieu qui le sait.

– C'est encore vrai », dirent les autres.

Alors on n'entendit plus que le soufflet qui activait le feu du foyer. Philippe, brusquement, se pencha vers Simon :

« Va dire à ta maman que j'irai lui parler ce soir. »

Puis il poussa l'enfant dehors par les épaules.

Il revint à son travail et, d'un seul coup, les cinq marteaux retombèrent ensemble sur les enclumes. Ils battirent ainsi le fer jusqu'à la nuit, forts, puissants, joyeux comme des marteaux satisfaits. Mais, de même que le bourdon[1] d'une cathédrale résonne dans les jours de fête au-dessus du tintement des autres cloches, ainsi le marteau de Philippe, dominant le fracas des autres, s'abattait de seconde en seconde avec un vacarme assourdissant. Et lui, l'œil allumé, forgeait passionnément, debout dans les étincelles.

Le ciel était plein d'étoiles quand il vint frapper à la porte de la Blanchotte. Il avait sa blouse des dimanches, une chemise fraîche et la barbe faite. La jeune femme se montra sur le seuil et lui dit d'un air peiné : « C'est mal de venir ainsi la nuit tombée, monsieur Philippe. »

Il voulut répondre, balbutia et resta confus devant elle.

Elle reprit : « Vous comprenez bien pourtant qu'il ne faut plus que l'on parle de moi. »

Alors, lui, tout à coup :

« Qu'est-ce que ça fait, dit-il, si vous voulez être ma femme ! »

---

1. ***Bourdon*** : grosse cloche au son grave.

Aucune voix ne lui répondit, mais il crut entendre dans l'ombre de la chambre le bruit d'un corps qui s'affaissait. Il entra bien vite ; et Simon, qui était couché dans son lit, distingua le son d'un baiser et quelques mots que sa mère murmurait bien bas. Puis, tout à coup, il se sentit enlevé dans les mains de son ami, et celui-ci, le tenant au bout de ses bras d'Hercule[1], lui cria :

« Tu leur diras, à tes camarades, que ton papa, c'est Philippe Remy[2], le forgeron, et qu'il ira tirer les oreilles à tous ceux qui te feront du mal. »

Le lendemain, comme l'école était pleine et que la classe allait commencer, le petit Simon se leva, tout pâle et les lèvres tremblantes : « Mon papa, dit-il, d'une voix claire, c'est Philippe Remy, le forgeron, et il a promis qu'il tirerait les oreilles à tous ceux qui me feraient du mal. »

Cette fois, personne ne rit plus, car on le connaissait bien ce Philippe Remy, le forgeron, et c'était un papa, celui-là, dont tout le monde eût été fier.

---

1. ***Hercule*** : homme d'une force exceptionnelle (du nom d'Hercule, héros de la mythologie antique : en grec, Héraclès).
2. ***Philippe Remy*** : c'est un prénom qui sert de nom de famille au forgeron ; or c'était l'usage de nommer ainsi les enfants trouvés, et cela donne à penser que Philippe était peut-être lui aussi un enfant sans père ; devenir le père de Simon aurait dans ce cas un sens particulièrement fort pour lui.

En voyage

Sainte-Agnès [1], 6 mai.

Ma chère amie,

Vous m'avez demandé de vous écrire souvent et de vous raconter surtout des choses que j'aurai vues. Vous m'avez aussi prié de fouiller dans mes souvenirs de voyages pour y retrouver ces courtes anecdotes qui, apprises d'un paysan qu'on a rencontré, d'un hôtelier, d'un inconnu qui passait, laissent dans la mémoire comme une marque sur un pays. Avec un paysage brossé [2] en quelques lignes, et une petite histoire dite en quelques phrases, on peut donner, croyez-vous, le vrai caractère d'un pays, le faire vivant, visible, dramatique.

J'essayerai, selon votre désir. Je vous enverrai donc, de temps en temps, des lettres où je ne parlerai ni de vous ni de moi, mais seulement de l'horizon et des hommes qui s'y meuvent. Et je commence.

*
* *

Le printemps est une époque où il faut, me semble-t-il, boire et manger du paysage. C'est la saison des frissons, comme l'au-

1. ***Sainte-Agnès*** : petite ville de la Côte d'Azur (et le lieu d'où le narrateur écrit la lettre que nous allons lire).
2. ***Brossé*** : peint à grands traits comme avec une « brosse » de peintre, c'est-à-dire un pinceau.

tomne est la saison des pensées. Au printemps la campagne émeut la chair, à l'automne elle pénètre l'esprit.

J'ai voulu, cette année, respirer de la fleur d'oranger et je suis parti pour le Midi, à l'heure où tout le monde en revient[1]. J'ai franchi Monaco, la ville des pèlerins[2], rivale de La Mecque et de Jérusalem[3], sans laisser d'or dans la poche d'autrui ; et j'ai gravi la haute montagne sous un plafond de citronniers, d'orangers et d'oliviers.

Avez-vous jamais dormi, mon amie, dans un champ d'orangers fleuris ? L'air qu'on aspire délicieusement est une quintessence[4] de parfums. Cette senteur violente et douce, savoureuse comme une friandise, semble se mêler à nous, nous imprègne, nous enivre, nous alanguit, nous verse une torpeur somnolente et rêvante. On dirait un opium préparé par la main des fées et non par celle des pharmaciens[5].

C'est ici le pays des ravins. Les croupes de la montagne sont tailladées, échancrées partout, et dans ces replis sinueux poussent de vraies forêts de citronniers. De place en place, quand le val rapide s'arrête à une espèce de marche, les hommes ont maçonné un réservoir qui retient l'eau des orages. Ce sont de grands trous aux murailles lisses, où rien de saillant ne s'offre à la main de celui qui tomberait là.

---

1. À l'époque de Maupassant, les gens riches passaient l'hiver sur la Côte d'Azur, où le climat est doux.

2. Monaco est célèbre pour ses casinos ; ses « pèlerins », ce sont donc les joueurs qui y viennent chaque saison comme pour rendre un hommage religieux au dieu du jeu.

3. La Mecque, en Arabie, est la Ville sainte de l'Islam, et le plus haut lieu de pèlerinage des musulmans ; Jérusalem, en Palestine, est un haut lieu de pèlerinage chrétien.

4. ***Quintessence*** : concentré.

5. ***Opium [...] des pharmaciens*** : l'opium préparé par les pharmaciens était un médicament pour dormir.

J'allais lentement par un des vallons montants, regardant à travers les feuillages les fruits brillants restés aux branches. La gorge enserrée rendait plus pénétrantes les senteurs lourdes des fleurs ; l'air, là-dedans, en semblait épaissi. Une lassitude me prit et je cherchai où m'asseoir. Quelques gouttes d'eau glissaient dans l'herbe ; je crus qu'une source était voisine, et je gravis un peu plus haut pour la trouver. Mais j'arrivai sur les bords d'un de ces grands et profonds réservoirs. Je m'assis à la turque, les jambes croisées, et je restai rêvassant devant ce trou, qui paraissait rempli d'encre tant le liquide en était noir et stagnant. Là-bas, à travers les branches, j'apercevais, comme des taches, des morceaux de la Méditerranée, luisante à m'aveugler. Mais toujours mon regard retombait sur le vaste et sombre puits qu'aucune bête nageante ne semblait même habiter, tant la surface en demeurait immobile.

Soudain une voix me fit tressaillir. Un vieux monsieur, qui cherchait des fleurs (car cette contrée est la plus riche de l'Europe pour les herborisants [1]), me demandait :

« Est-ce que vous êtes, monsieur, un parent de ces pauvres enfants ? »

Je le regardai stupéfait.

« Quels enfants ? monsieur ? »

Alors il parut embarrassé et reprit en saluant :

« Je vous demande pardon. En vous voyant ainsi absorbé devant ce réservoir, j'ai cru que vous pensiez au drame affreux qui s'est passé là. »

Cette fois je voulus savoir et je le priai de me raconter cette histoire.

Elle est bien sombre et bien navrante, ma chère amie, et bien banale en même temps. C'est un simple fait divers. Je ne sais s'il

1. ***Herborisants*** : personnes qui cherchent des plantes dans la nature pour les étudier ou pour en faire des médicaments (on dit plutôt « herborisateurs »).

faut attribuer mon émotion à la manière dramatique dont la chose me fut dite, au décor des montagnes, au contraste de cette joie du soleil et des fleurs avec le trou noir et meurtrier, mais j'eus le cœur tordu, tous les nerfs secoués par ce récit qui, peut-être, ne vous paraîtra point si terriblement poignant en le lisant dans votre chambre sans avoir sous les yeux le paysage du drame.

C'était au printemps de l'une des dernières années. Deux petits garçons venaient souvent jouer au bord de cette citerne, tandis que leur précepteur[1] lisait quelque livre, couché sous un arbre. Or, par une chaude après-midi, un cri vibrant réveilla l'homme qui sommeillait, et un bruit d'eau jaillissant sous une chute le fit se dresser brusquement. Le plus jeune des enfants, âgé de onze ans, hurlait, debout près du bassin, dont la nappe, remuée, frémissait, refermée sur l'aîné qui venait d'y tomber en courant le long de la corniche de pierre.

Éperdu, sans rien attendre, sans réfléchir aux moyens, le précepteur sauta dans le gouffre, et ne reparut pas, s'étant heurté le crâne au fond.

Au même moment, le jeune garçon, revenu sur l'eau, agitait les bras tendus vers son frère. Alors, l'enfant, resté sur terre, se coucha, s'allongea, tandis que l'autre essayait de nager, d'approcher du mur, et bientôt les quatre petites mains se saisirent, se serrèrent, crispées, liées ensemble.

Ils eurent tous deux la joie aiguë de la vie sauvée, le tressaillement du péril passé. Et l'aîné essaya de monter, mais il n'y put parvenir ; le mur était droit ; et le frère, trop faible, glissait lentement vers le trou. Alors ils demeurèrent immobiles, ressaisis par l'épouvante. Et ils attendirent.

Le plus petit serrait de toute sa force les mains du plus grand, et il pleurait nerveusement en répétant : « Je ne peux pas te tirer, je ne peux pas te tirer. » Et soudain il se mit à crier : « Au secours ! au

1. ***Précepteur*** : professeur particulier qui, dans les familles riches, assurait l'éducation des enfants qu'on n'envoyait pas à l'école.

secours ! » Mais sa voix grêle perçait à peine le dôme de feuillage sur leurs têtes.

Ils restèrent là longtemps, des heures et des heures, face à face, ces deux enfants, avec la même pensée, la même angoisse, et la peur affreuse que l'un des deux, épuisé, desserrât ses faibles mains. Et ils appelaient, toujours en vain.

Enfin le plus grand qui tremblait de froid dit au petit : « Je ne peux plus. Je vais tomber. Adieu, petit frère. » Et l'autre, haletant, répétait : « Pas encore, pas encore, attends. » Le soir vint, le soir tranquille, avec ses étoiles mirées dans l'eau.

L'aîné, défaillant, reprit : « Lâche-moi une main, je vais te donner ma montre. » Il l'avait reçue en cadeau quelques jours auparavant ; et c'était, depuis lors, la plus grande préoccupation de son cœur. Il put la prendre, la tendit, et le petit qui sanglotait la déposa sur l'herbe auprès de lui.

La nuit était complète. Les deux misérables êtres anéantis ne se tenaient plus qu'à peine. Le grand enfin, se sentant perdu, murmura encore : « Adieu, petit frère, embrasse maman et papa. » Et ses doigts paralysés s'ouvrirent. Il plongea et ne reparut plus…

Le petit resté seul se mit à l'appeler furieusement : « Paul ! Paul ! », mais l'autre ne revenait point. Alors il s'élança dans la montagne, tombant dans les pierres, bouleversé par la plus effroyable angoisse qui puisse étreindre un cœur d'enfant, et il arriva, avec une figure de mort, dans le salon où attendaient ses parents.

Et il se perdit de nouveau en les emmenant au sombre réservoir. Il ne retrouvait plus sa route. Enfin il reconnut la place. « C'est là, oui, c'est là. »

Mais il fallut vider cette citerne ; et le propriétaire ne le voulait point permettre, ayant besoin d'eau pour ses citronniers.

Enfin on retrouva les deux corps, le lendemain seulement.

*
* *

Vous voyez, ma chère amie, que c'est là un simple fait divers. Mais si vous aviez vu le trou lui-même, vous auriez été comme moi déchirée jusqu'au cœur, à la pensée de cette agonie d'un enfant pendu aux mains de son frère, de l'interminable lutte de ces gamins accoutumés seulement à rire et à jouer, et de ce tout simple détail : la montre donnée.

Et je me disais : « Que le Hasard me préserve de jamais recevoir une semblable relique [1] ! » Je ne sais rien de plus épouvantable que ce souvenir attaché à l'objet familier qu'on ne peut quitter. Songez que chaque fois qu'il touchera cette montre sacrée, le survivant reverra l'horrible scène, la mare, le mur, l'eau calme, et la face décomposée de son frère vivant et aussi perdu que s'il était mort déjà. Et durant toute sa vie, à toute heure, la vision sera là, réveillée dès que du bout du doigt il touchera seulement son gousset [2].

Et je fus triste jusqu'au soir. Je quittai, montant toujours, la région des orangers pour la région des seuls oliviers, et celle des oliviers pour la région des pins ; puis je passai dans une vallée de pierres, puis j'atteignis les ruines d'un antique château, bâti, affirme-t-on, au Xe siècle, par un chef sarrasin [3], homme sage, qui se fit baptiser par amour d'une jeune fille.

Partout, des montagnes autour de moi, et, devant moi, la mer, la mer avec une tache presque indistincte : la Corse, ou plutôt l'ombre de la Corse.

Mais sur les cimes ensanglantées par le couchant, dans le vaste ciel et sur la vaste mer, dans tout cet horizon superbe que

---

1. ***Relique*** : objet auquel on est très attaché parce qu'il nous rappelle quelque chose ou quelqu'un qu'on a beaucoup aimé.

2. ***Gousset*** : petite poche où l'on mettait sa montre ou sa monnaie.

3. **3.** « Sarrasins » est le nom que les chrétiens donnaient, au Moyen Âge, aux musulmans.

j'étais venu contempler, je ne voyais que deux pauvres enfants, l'un couché au bord d'un trou plein d'eau noire, l'autre plongeant jusqu'au cou, liés par les mains, pleurant face à face, éperdus ; et il me semblait sans cesse entendre une faible voix épuisée qui répétait : « Adieu, petit frère, je te donne ma montre. »

Cette lettre vous semblera bien lugubre, ma chère amie. Je tâcherai, un autre jour, d'être plus gai.

Aux champs

Les deux chaumières étaient côte à côte, au pied d'une colline, proches d'une petite ville de bains[1]. Les deux paysans besognaient dur sur la terre inféconde pour élever tous leurs petits. Chaque ménage en avait quatre. Devant les deux portes voisines, toute la marmaille grouillait du matin au soir. Les deux aînés avaient six ans et les deux cadets quinze mois environ ; les mariages, et, ensuite, les naissances s'étaient produits à peu près simultanément dans l'une et l'autre maison.

Les deux mères distinguaient à peine leurs produits dans le tas ; et les deux pères confondaient tout à fait. Les huit noms dansaient dans leur tête, se mêlaient sans cesse ; et, quand il fallait en appeler un, les hommes souvent en criaient trois avant d'arriver au véritable.

La première des deux demeures, en venant de la station d'eaux de Rolleport, était occupée par les Tuvache, qui avaient trois filles et un garçon ; l'autre masure abritait les Vallin, qui avaient une fille et trois garçons.

Tout cela vivait péniblement de soupe, de pommes de terre et de grand air. À sept heures, le matin, puis à midi, puis à six heures, le soir, les ménagères réunissaient leurs mioches pour donner la pâtée, comme des gardeurs d'oies assemblent leurs

---

1. ***Ville de bains*** : ville où l'eau possède des qualités propres à soulager certaines maladies et où les gens viennent se soigner en buvant cette eau et en prenant des bains (on dit aussi « ville d'eaux » ou « station thermale »).

bêtes. Les enfants étaient assis, par rang d'âge, devant la table en bois, vernie par cinquante ans d'usage. Le dernier moutard avait à peine la bouche au niveau de la planche. On posait devant eux l'assiette creuse pleine de pain molli dans l'eau où avaient cuit les pommes de terre, un demi-chou et trois oignons ; et toute la ligne mangeait jusqu'à plus faim. La mère empâtait[1] elle-même le petit. Un peu de viande au pot-au-feu, le dimanche, était une fête pour tous ; et le père, ce jour-là, s'attardait au repas en répétant : « Je m'y ferais bien tous les jours. »

Par un après-midi du mois d'août, une légère voiture s'arrêta brusquement devant les deux chaumières, et une jeune femme, qui conduisait elle-même, dit au monsieur assis à côté d'elle :

« Oh ! regarde, Henri, ce tas d'enfants ! Sont-ils jolis, comme ça, à grouiller dans la poussière ! »

L'homme ne répondit rien, accoutumé à ces admirations qui étaient une douleur et presque un reproche pour lui.

La jeune femme reprit :

« Il faut que je les embrasse ! Oh ! comme je voudrais en avoir un, celui-là, le tout-petit. »

Et, sautant de la voiture, elle courut aux enfants, prit un des deux derniers, celui des Tuvache, et, l'enlevant dans ses bras, elle le baisa passionnément sur ses joues sales, sur ses cheveux blonds frisés et pommadés de terre, sur ses menottes qu'il agitait pour se débarrasser des caresses ennuyeuses.

Puis elle remonta dans sa voiture et partit au grand trot. Mais elle revint la semaine suivante, s'assit elle-même par terre, prit le moutard dans ses bras, le bourra de gâteaux, donna des bonbons à tous les autres ; et joua avec eux comme une gamine, tandis que son mari attendait patiemment dans sa frêle voiture.

Elle revint encore, fit connaissance avec les parents, reparut tous les jours, les poches pleines de friandises et de sous.

---

1. ***Empâtait*** : nourrissait abondamment de pâtée pour faire engraisser, gavait (ce mot s'emploie normalement à propos des volailles).

Elle s'appelait Mme Henri d'Hubières.

Un matin, en arrivant, son mari descendit avec elle ; et, sans s'arrêter aux mioches, qui la connaissaient bien maintenant, elle pénétra dans la demeure des paysans.

Ils étaient là, en train de fendre du bois pour la soupe ; ils se redressèrent tout surpris, donnèrent des chaises et attendirent. Alors la jeune femme, d'une voix entrecoupée, tremblante, commença :

« Mes braves gens, je viens vous trouver parce que je voudrais bien… je voudrais bien emmener avec moi votre… votre petit garçon… »

Les campagnards, stupéfaits et sans idée, ne répondirent pas.

Elle reprit haleine et continua.

« Nous n'avons pas d'enfants ; nous sommes seuls, mon mari et moi… Nous le garderions… voulez-vous ? »

La paysanne commençait à comprendre. Elle demanda :

« Vous voulez nous prend'e Charlot ? Ah ben non, pour sûr. »

Alors M. d'Hubières intervint :

« Ma femme s'est mal expliquée. Nous voulons l'adopter, mais il reviendra vous voir. S'il tourne bien, comme tout porte à le croire, il sera notre héritier. Si nous avions, par hasard, des enfants, il partagerait également avec eux. Mais s'il ne répondait pas à nos soins, nous lui donnerions, à sa majorité, une somme de vingt mille francs[1] qui sera immédiatement déposée en son nom chez un notaire. Et, comme on a aussi pensé à vous, on vous servira jusqu'à votre mort une rente de cent francs par mois. Avez-vous bien compris ? »

La fermière s'était levée, toute furieuse.

---

1. ***Vingt mille francs*** : c'est une somme inouïe pour de pauvres paysans ; à cette époque, un travailleur manuel en province gagnait à peine trois francs par jour.

« Vous voulez que j'vous vendions Charlot ? Ah ! mais non ; c'est pas des choses qu'on d'mande à une mère, ça ! Ah ! mais non ! Ce s'rait une abomination. »

L'homme ne disait rien, grave et réfléchi ; mais il approuvait sa femme d'un mouvement continu de la tête.

Mme d'Hubières, éperdue, se mit à pleurer, et, se tournant vers son mari, avec une voix pleine de sanglots, une voix d'enfant dont tous les désirs ordinaires sont satisfaits, elle balbutia :

« Ils ne veulent pas, Henri, ils ne veulent pas ! »

Alors ils firent une dernière tentative.

« Mais, mes amis, songez à l'avenir de votre enfant, à son bonheur, à... »

La paysanne, exaspérée, lui coupa la parole :

« C'est tout vu, c'est tout entendu, c'est tout réfléchi... Allez-vous-en, et pi, que j'vous revoie point par ici. C'est-i permis d'vouloir prendre un éfant comme ça ! »

Alors, Mme d'Hubières, en sortant, s'avisa qu'ils étaient deux tout-petits, et elle demanda à travers ses larmes, avec une ténacité de femme volontaire et gâtée, qui ne veut jamais attendre :

« Mais l'autre petit n'est pas à vous ? »

Le père Tuvache répondit :

« Non, c'est aux voisins ; vous pouvez y aller, si vous voulez. »

Et il rentra dans sa maison, où retentissait la voix indignée de sa femme.

Les Vallin étaient à table, en train de manger avec lenteur des tranches de pain qu'ils frottaient parcimonieusement[1] avec un peu de beurre piqué au couteau, dans une assiette entre eux deux.

M. d'Hubières recommença ses propositions, mais avec plus d'insinuations, de précautions oratoires[2], d'astuce.

---

1. ***Parcimonieusement*** : avec économie.
2. ***Avec plus de précautions oratoires*** : en choisissant mieux ses mots pour rendre sa proposition moins choquante.

Les deux ruraux hochaient la tête en signe de refus ; mais quand ils apprirent qu'ils auraient cent francs par mois, ils se considérèrent, se consultant de l'œil, très ébranlés.

Ils gardèrent longtemps le silence, torturés, hésitants. La femme enfin demanda :

« Qué qu't'en dis, l'homme ? »

Il prononça d'un ton sentencieux[1] :

« J'dis qu'c'est point méprisable. »

Alors Mme d'Hubières, qui tremblait d'angoisse, leur parla de l'avenir du petit, de son bonheur, et de tout l'argent qu'il pourrait leur donner plus tard.

Le paysan demanda :

« C'te rente de douze cents francs, ce s'ra promis d'vant l'notaire ? »

M. d'Hubières répondit :

« Mais certainement, dès demain. »

La fermière, qui méditait, reprit :

« Cent francs par mois, c'est point suffisant pour nous priver du p'tit ; ça travaillera dans quéqu'z'ans c't'éfant ; i nous faut cent vingt francs. »

Mme d'Hubières, trépignant d'impatience, les accorda tout de suite ; et, comme elle voulait enlever l'enfant, elle donna cent francs en cadeau pendant que son mari faisait un écrit. Le maire et un voisin, appelés aussitôt, servirent de témoins complaisants[2].

Et la jeune femme, radieuse, emporta le marmot hurlant, comme on emporte un bibelot désiré d'un magasin.

Les Tuvache, sur leur porte, le regardaient partir, muets, sévères, regrettant peut-être leur refus.

On n'entendit plus du tout parler du petit Jean Vallin. Les parents, chaque mois, allaient toucher leurs cent vingt francs

1. ***Sentencieux*** : solennel (comme un juge).
2. ***Complaisants*** : qui ont accepté pour faire plaisir.

chez le notaire ; et ils étaient fâchés avec leurs voisins parce que la mère Tuvache les agonisait d'ignominies [1], répétant sans cesse de porte en porte qu'il fallait être dénaturé pour vendre son enfant, que c'était une horreur, une saleté, une corromperie [2].

Et parfois elle prenait en ses bras son Charlot avec ostentation [3], lui criant, comme s'il eût compris :

« J't'ai pas vendu, mé, j't'ai pas vendu, mon p'tiot. J'vends pas m's éfants, mé. J'sieus pas riche, mais vends pas m's'éfants. »

Et, pendant des années et encore des années, ce fut ainsi chaque jour ; chaque jour des allusions grossières qui étaient vociférées devant la porte, de façon à entrer dans la maison voisine. La mère Tuvache avait fini par se croire supérieure à toute la contrée parce qu'elle n'avait pas vendu Charlot. Et ceux qui parlaient d'elle disaient :

« J'sais ben que c'était engageant, c'est égal, elle s'a conduite comme une bonne mère. »

On la citait ; et Charlot, qui prenait dix-huit ans, élevé dans cette idée qu'on lui répétait sans répit, se jugeait lui-même supérieur à ses camarades, parce qu'on ne l'avait pas vendu.

Les Vallin vivotaient à leur aise, grâce à la pension. La fureur inapaisable des Tuvache, restés misérables, venait de là.

Leur fils aîné partit au service. Le second mourut ; Charlot resta seul à peiner avec le vieux père pour nourrir la mère et deux autres sœurs cadettes qu'il avait [4].

---

1. ***Les agonisait d'ignominies*** : les accablait d'injures (« agonir » se conjugue comme « finir », et Maupassant aurait dû écrire « agonissait »).

2. ***Que c'était une corromperie*** : que les Vallin s'étaient laissé détourner de leur devoir de parents par l'argent (déformation du mot « corruption »).

3. ***Avec ostentation*** : de façon qu'on la remarque.

4. Maupassant semble avoir oublié ce qu'il a écrit au début de la nouvelle : les Tuvache ont un garçon et trois filles ; ou bien il a oublié de nous informer que les Tuvache ont eu d'autres enfants ; en tout cas, le compte n'y est pas ! Même les grands écrivains peuvent être étourdis parfois…

Il prenait vingt et un ans, quand, un matin, une brillante voiture s'arrêta devant les deux chaumières. Un jeune monsieur, avec une chaîne de montre en or, descendit, donnant la main à une vieille dame en cheveux blancs. La vieille dame lui dit :

« C'est là, mon enfant, à la seconde maison. »

Et il entra comme chez lui dans la masure des Vallin.

La vieille mère lavait ses tabliers ; le père, infirme, sommeillait près de l'âtre. Tous deux levèrent la tête, et le jeune homme dit :

« Bonjour, papa ; bonjour, maman. »

Ils se dressèrent effarés. La paysanne laissa tomber d'émoi son savon dans son eau et balbutia :

« C'est-i té, m'n éfant ? C'est-i té, m'n éfant ? »

Il la prit dans ses bras et l'embrassa, en répétant : « Bonjour, maman. » Tandis que le vieux, tout tremblant, disait, de son ton calme qu'il ne perdait jamais : « Te v'là-t'il revenu, Jean ? » Comme s'il l'avait vu un mois auparavant.

Et, quand ils se furent reconnus, les parents voulurent tout de suite sortir le fieu[1] dans le pays pour le montrer. On le conduisit chez le maire, chez l'adjoint, chez le curé, chez l'instituteur.

Charlot, debout sur le seuil de sa chaumière, le regardait passer.

Le soir au souper, il dit aux vieux :

« Faut-il qu'vous ayez été sots pour laisser prendre le p'tit aux Vallin ! »

Sa mère répondit obstinément :

« J'voulions point vendre not'éfant. »

Le père ne disait rien.

Le fils reprit :

« C'est-il pas malheureux d'être sacrifié comme ça. »

Alors le père Tuvache articula d'un ton coléreux : « Vas-tu pas nous r'procher d' t'avoir gardé ? »

---

1. ***Le fieu*** : le fils (dans le parler normand).

Et le jeune homme, brutalement :

« Oui, j'vous le r'proche, que vous n'êtes que des niants [1]. Des parents comme vous ça fait l'malheur des éfants. Qu'vous mériteriez que j'vous quitte. »

La bonne femme pleurait dans son assiette. Elle gémit tout en avalant des cuillerées de soupe dont elle répandait la moitié :

« Tuez-vous donc pour élever d's éfants ! »

Alors le gars, rudement :

« J'aimerais mieux n'être point né que d'être c'que j'suis. Quand j'ai vu l'autre, tantôt, mon sang n'a fait qu'un tour. Je m'suis dit : – v'là c'que j'serais maintenant. »

Il se leva.

« Tenez, j'sens bien que je ferai mieux de n'pas rester ici, parce que j'vous le reprocherais du matin au soir, et que j'vous ferais une vie d'misère. Ça, voyez-vous, j'vous l'pardonnerai jamais ! »

Les deux vieux se taisaient, atterrés, larmoyants.

Il reprit :

« Non, c't'idée-là, ce serait trop dur. J'aime mieux m'en aller chercher ma vie aut'part. »

Il ouvrit la porte. Un bruit de voix entra. Les Vallin festoyaient avec l'enfant revenu.

Alors Charlot tapa du pied et, se tournant vers ses parents, cria :

« Manants [2], va ! »

Et il disparut dans la nuit.

---

1. ***Niants*** : des idiots, des rien du tout (dans le parler normand).
2. ***Manants*** : paysans grossiers, rustres (mot péjoratif).

■ Gravure de Gaston Nick pour *Aux champs*,
Contes de Maupassant, 1928.

La Confession

Marguerite de Thérelles allait mourir. Bien qu'elle n'eût que cinquante et six ans, elle en paraissait au moins soixante et quinze. Elle haletait, plus pâle que ses draps, secouée de frissons épouvantables, la figure convulsée, l'œil hagard, comme si une chose horrible lui eût apparu.

Sa sœur aînée, Suzanne, plus âgée de six ans, à genoux près du lit, sanglotait. Une petite table approchée de la couche de l'agonisante portait, sur une serviette, deux bougies allumées, car on attendait le prêtre qui devait donner l'extrême-onction [1] et la communion dernière.

L'appartement avait cet aspect sinistre qu'ont les chambres des mourants, cet air d'adieu désespéré. Des fioles traînaient sur les meubles, des linges traînaient dans les coins, repoussés d'un coup de pied ou de balai. Les sièges en désordre semblaient eux-mêmes effarés, comme s'ils avaient couru dans tous les sens. La redoutable mort était là, cachée, attendant.

L'histoire des deux sœurs était attendrissante.

On la citait au loin ; elle avait fait pleurer bien des yeux.

Suzanne, l'aînée, avait été aimée follement, jadis, d'un jeune homme qu'elle aimait aussi. Ils furent fiancés, et on n'attendait

1. ***Extrême-onction*** : pour les catholiques, « sacrement des malades », au cours duquel, tout en disant des prières, le prêtre touche le front et les mains du mourant avec des huiles saintes.

plus que le jour fixé pour le contrat, quand Henry de Sampierre était mort brusquement.

Le désespoir de la jeune fille fut affreux, et elle jura de ne se jamais marier. Elle tint parole. Elle prit des habits de veuve qu'elle ne quitta plus.

Alors sa sœur, sa petite sœur Marguerite, qui n'avait encore que douze ans, vint, un matin, se jeter dans les bras de l'aînée, et lui dit : « Grande sœur, je ne veux pas que tu sois malheureuse. Je ne veux pas que tu pleures toute ta vie. Je ne te quitterai jamais, jamais, jamais ! Moi non plus, je ne me marierai pas. Je resterai près de toi, toujours, toujours, toujours. »

Suzanne l'embrassa attendrie par ce dévouement d'enfant, et n'y crut pas.

Mais la petite aussi tint parole et, malgré les prières des parents, malgré les supplications de l'aînée, elle ne se maria jamais. Elle était jolie, fort jolie ; elle refusa bien des jeunes gens qui semblaient l'aimer ; elle ne quitta plus sa sœur.

Elles vécurent ensemble tous les jours de leur existence, sans se séparer une seule fois. Elles allèrent côte à côte, inséparablement unies. Mais Marguerite sembla toujours triste, accablée, plus morne que l'aînée comme si peut-être son sublime sacrifice l'eût brisée. Elle vieillit plus vite, prit des cheveux blancs dès l'âge de trente ans et, souvent souffrante, semblait atteinte d'un mal inconnu qui la rongeait.

Maintenant elle allait mourir la première.

Elle ne parlait plus depuis vingt-quatre heures. Elle avait dit seulement, aux premières lueurs de l'aurore :

« Allez chercher monsieur le curé, voici l'instant. »

Et elle était demeurée ensuite sur le dos, secouée de spasmes, les lèvres agitées comme si des paroles terribles lui fussent montées du cœur, sans pouvoir sortir, le regard affolé d'épouvante, effroyable à voir.

Sa sœur, déchirée par la douleur, pleurait éperdument, le front sur le bord du lit et répétait :

« Margot, ma pauvre Margot, ma petite ! »

Elle l'avait toujours appelée : « ma petite », de même que la cadette l'avait toujours appelée : « grande sœur ».

On entendit des pas dans l'escalier. La porte s'ouvrit. Un enfant de chœur parut, suivi du vieux prêtre en surplis. Dès qu'elle l'aperçut, la mourante s'assit d'une secousse, ouvrit les lèvres, balbutia deux ou trois paroles, et se mit à gratter le drap de ses ongles comme si elle eût voulu y faire un trou.

L'abbé Simon s'approcha, lui prit la main, la baisa sur le front et, d'une voix douce :

« Dieu vous pardonne, mon enfant ; ayez du courage, voici le moment venu, parlez. »

Alors, Marguerite, grelottant de la tête aux pieds, secouant toute sa couche de ses mouvements nerveux, balbutia :

« Assieds-toi, grande sœur, écoute. »

Le prêtre se baissa vers Suzanne, toujours abattue au pied du lit, la releva, la mit dans un fauteuil et prenant dans chaque main la main d'une des deux sœurs, il prononça :

« Seigneur, mon Dieu ! envoyez-leur la force, jetez sur elles votre miséricorde [1]. »

Et Marguerite se mit à parler. Les mots lui sortaient de la gorge un à un, rauques, scandés [2], comme exténués.

« Pardon, pardon, grande sœur, pardonne-moi ! Oh ! si tu savais comme j'ai eu peur de ce moment-là, toute ma vie !... »

Suzanne balbutia, dans ses larmes :

« Quoi te pardonner, petite ? Tu m'as tout donné, tout sacrifié ; tu es un ange... »

Mais Marguerite l'interrompit :

---

1. ***Miséricorde*** : pardon.
2. ***Scandés*** : prononcés en détachant les syllabes.

« Tais-toi, tais-toi ! Laisse-moi dire… ne m'arrête pas… C'est affreux… laisse-moi dire tout… jusqu'au bout, sans bouger… Écoute… Tu te rappelles… tu te rappelles… Henry… »

Suzanne tressaillit et regarda sa sœur. La cadette reprit :

« Il faut que tu entendes tout pour comprendre. J'avais douze ans, seulement douze ans, tu te rappelles bien, n'est-ce pas ? Et j'étais gâtée, je faisais tout ce que je voulais !… Tu te rappelles bien comme on me gâtait ?… Écoute… La première fois qu'il est venu, il avait des bottes vernies ; il est descendu de cheval devant le perron, et il s'est excusé sur son costume, mais il venait apporter une nouvelle à papa. Tu te le rappelles, n'est-ce pas ?… Ne dis rien… écoute. Quand je l'ai vu, j'ai été toute saisie, tant je l'ai trouvé beau, et je suis demeurée debout dans un coin du salon tout le temps qu'il a parlé. Les enfants sont singuliers… et terribles… Oh ! oui… j'en ai rêvé !

« Il est revenu… plusieurs fois… je le regardais de tous mes yeux, de toute mon âme… j'étais grande pour mon âge… et bien plus rusée qu'on ne croyait. Il est revenu souvent… Je ne pensais qu'à lui. Je prononçais tout bas :

« – Henry… Henry de Sampierre !

« Puis on a dit qu'il allait t'épouser. Ce fut un chagrin… oh ! grande sœur… un chagrin… un chagrin ! J'ai pleuré trois nuits, sans dormir. Il revenait tous les jours, l'après-midi, après son déjeuner… tu te le rappelles, n'est-ce pas ! Ne dis rien… écoute. Tu lui faisais des gâteaux qu'il aimait beaucoup… avec de la farine, du beurre et du lait… Oh ! je sais bien comment… J'en ferais encore s'il le fallait. Il les avalait d'une seule bouchée, et puis il buvait un verre de vin… et puis il disait : "C'est délicieux." Tu te rappelles comme il disait ça ?

« J'étais jalouse, jalouse !… Le moment de ton mariage approchait. Il n'y avait plus que quinze jours. Je devenais folle. Je me disais : Il n'épousera pas Suzanne, non, je ne veux pas !… C'est moi qu'il épousera, quand je serai grande. Jamais je n'en trouverai un que j'aime autant… Mais un soir, dix jours avant ton contrat[1], tu t'es promenée avec lui devant le château, au clair de lune… et là-bas… sous le sapin, sous le grand sapin… il t'a embrassée… embrassée… dans ses deux bras… si longtemps… Tu te le rappelles, n'est-ce pas ! C'était probablement la première fois… oui… Tu étais si pâle en rentrant au salon !

« Je vous ai vus ; j'étais là, dans le massif. J'ai eu une rage ! Si j'avais pu, je vous aurais tués !

« Je me suis dit : Il n'épousera pas Suzanne, jamais ! Il n'épousera personne. Je serais trop malheureuse… Et tout d'un coup je me suis mise à le haïr affreusement.

« Alors, sais-tu ce que j'ai fait ?… écoute. J'avais vu le jardinier préparer des boulettes pour tuer les chiens errants. Il écrasait une bouteille avec une pierre et mettait le verre pilé dans une boulette de viande.

« J'ai pris chez maman une petite bouteille de pharmacien, je l'ai broyée avec un marteau, et j'ai caché le verre dans ma poche. C'était une poudre brillante… Le lendemain, comme tu venais de faire les petits gâteaux, je les ai fendus avec un couteau et j'ai mis le verre dedans… Il en a mangé trois… moi aussi, j'en ai mangé un…

J'ai jeté les six autres dans l'étang… les deux cygnes sont morts trois jours après… Tu te le rappelles ?… Oh ! ne dis rien, écoute, écoute… Moi seule, je ne suis pas morte… mais j'ai toujours été malade… écoute… Il est mort… tu sais bien… écoute… ce n'est rien cela… C'est après, plus tard… toujours… le plus terrible… écoute…

« Ma vie, toute ma vie… quelle torture ! Je me suis dit : Je ne quitterai plus ma sœur. Et je lui dirai tout, au moment de mourir… Voilà. Et depuis, j'ai toujours pensé à ce moment-là, à ce moment-là où je te dirais tout… Le voici venu… C'est terrible… Oh !… grande sœur !

---

1. ***Avant ton contrat*** : avant ton mariage (« contracter mariage » : se marier).

« J'ai toujours pensé, matin et soir, le jour, la nuit : Il faudra que je lui dise cela, une fois… J'attendais… Quel supplice !… C'est fait… Ne dis rien… Maintenant, j'ai peur… j'ai peur… oh ! j'ai peur ! Si j'allais le revoir, tout à l'heure, quand je serai morte… Le revoir… y songes-tu ?… La première !… Je n'oserai pas… Il le faut… Je vais mourir… Je veux que tu me pardonnes. Je le veux… Je ne peux pas m'en aller sans cela devant lui. Oh ! dites-lui de me pardonner, monsieur le curé, dites-lui… je vous en prie. Je ne peux mourir sans ça… »

Elle se tut, et demeura haletante, grattant toujours le drap de ses ongles crispés…

Suzanne avait caché sa figure dans ses mains et ne bougeait plus. Elle pensait à lui qu'elle aurait pu aimer si longtemps ! Quelle bonne vie ils auraient eue ! Elle le revoyait, dans l'autrefois disparu, dans le vieux passé à jamais éteint. Morts chéris ! comme ils vous déchirent le cœur ! Oh ce baiser, son seul baiser ! Elle l'avait gardé dans l'âme. Et puis plus rien, plus rien dans toute son existence !…

Le prêtre tout à coup se dressa et, d'une voix forte, vibrante, il cria :

« Mademoiselle Suzanne, votre sœur va mourir ! »

Alors Suzanne ouvrant ses mains, montra sa figure trempée de larmes, et, se précipitant sur sa sœur, elle la baisa de toute sa force en balbutiant :

« Je te pardonne, je te pardonne, petite… »

Le Père

Comme il habitait les Batignolles[1], étant employé au ministère de l'Instruction publique[2], il prenait chaque matin l'omnibus[3], pour se rendre à son bureau. Et chaque matin il voyageait jusqu'au centre de Paris, en face d'une jeune fille dont il devint amoureux.

Elle allait à son magasin, tous les jours, à la même heure. C'était une petite brunette, de ces brunes dont les yeux sont si noirs qu'ils ont l'air de taches, et dont le teint a des reflets d'ivoire. Il la voyait apparaître toujours au coin de la même rue ; et elle se mettait à courir pour rattraper la lourde voiture. Elle courait d'un petit air pressé, souple et gracieux ; et elle sautait sur le marchepied avant que les chevaux fussent tout à fait arrêtés. Puis elle pénétrait dans l'intérieur en soufflant un peu, et, s'étant assise, jetait un regard autour d'elle.

La première fois qu'il la vit, François Tessier sentit que cette figure-là lui plaisait infiniment. On rencontre parfois de ces femmes qu'on a envie de serrer éperdument dans ses bras, tout de suite, sans les connaître. Elle répondait, cette jeune fille, à ses

1. ***Les Batignolles*** : quartier de Paris, près de la gare Saint-Lazare.
2. ***Employé au ministère de l'Instruction publique*** : comme Maupassant lui-même entre 1878 et 1880.
3. ***Omnibus*** : grande voiture publique tirée par des chevaux (les transports en commun de l'époque).

désirs intimes, à ses attentes secrètes, à cette sorte d'idéal d'amour qu'on porte, sans le savoir, au fond du cœur.

Il la regardait obstinément, malgré lui. Gênée par cette contemplation, elle rougit. Il s'en aperçut et voulut détourner les yeux ; mais il les ramenait à tout moment sur elle, quoiqu'il s'efforçât de les fixer ailleurs.

Au bout de quelques jours, ils se connurent sans s'être parlé. Il lui cédait sa place quand la voiture était pleine et montait sur l'impériale [1], bien que cela le désolât. Elle le saluait maintenant d'un petit sourire ; et, quoiqu'elle baissât toujours les yeux sous son regard qu'elle sentait trop vif, elle ne semblait plus fâchée d'être contemplée ainsi.

Ils finirent par causer. Une sorte d'intimité rapide s'établit entre eux, une intimité d'une demi-heure par jour. Et c'était là, certes, la plus charmante demi-heure de sa vie à lui. Il pensait à elle tout le reste du temps, la revoyait sans cesse pendant les longues séances du bureau, hanté, possédé, envahi par cette image flottante et tenace qu'un visage de femme aimée laisse en nous. Il lui semblait que la possession entière de cette petite personne serait pour lui un bonheur fou, presque au-dessus des réalisations humaines.

Chaque matin maintenant elle lui donnait une poignée de main, et il gardait jusqu'au soir la sensation de ce contact, le souvenir dans sa chair de la faible pression de ces petits doigts ; il lui semblait qu'il en avait conservé l'empreinte sur sa peau.

Il attendait anxieusement pendant tout le reste du temps ce court voyage en omnibus. Et les dimanches lui semblaient navrants.

Elle aussi l'aimait, sans doute, car elle accepta, un samedi de printemps, d'aller déjeuner avec lui, à Maisons-Laffitte, le lendemain.

---

1. ***L'impériale*** : le dessus, l'étage supérieur de la voiture.

Elle était la première à l'attendre à la gare. Il fut surpris ; mais elle lui dit :

« Avant de partir, j'ai à vous parler. Nous avons vingt minutes : c'est plus qu'il ne faut. »

Elle tremblait, appuyée à son bras, les yeux baissés et les joues pâles. Elle reprit :

« Il ne faut pas que vous vous trompiez sur moi. Je suis une honnête fille, et je n'irai là-bas avec vous que si vous me promettez, si vous me jurez de ne rien… de ne rien faire… qui soit… qui ne soit pas… convenable… »

Elle était devenue soudain plus rouge qu'un coquelicot. Elle se tut. Il ne savait que répondre, heureux et désappointé en même temps. Au fond du cœur, il préférait peut-être que ce fût ainsi ; et pourtant… pourtant il s'était laissé bercer, cette nuit, par des rêves qui lui avaient mis le feu dans les veines. Il l'aimerait moins assurément s'il la savait de conduite légère ; mais alors ce serait si charmant, si délicieux pour lui ! Et tous les calculs égoïstes des hommes en matière d'amour lui travaillaient l'esprit.

Comme il ne disait rien, elle se remit à parler d'une voix émue, avec des larmes au coin des paupières :

« Si vous ne me promettez pas de me respecter tout à fait, je m'en retourne à la maison. »

Il lui serra le bras tendrement et répondit :

« Je vous le promets ; vous ne ferez que ce que vous voudrez. »

Elle parut soulagée et demanda en souriant :

« C'est bien vrai, ça ? »

Il la regarda au fond des yeux.

« Je vous le jure !

– Prenons les billets », dit-elle.

Ils ne purent guère parler en route, le wagon étant au complet. Arrivés à Maisons-Laffitte, ils se dirigèrent vers la Seine.

L'air tiède amollissait la chair et l'âme. Le soleil tombant en plein sur le fleuve, sur les feuilles et les gazons, jetait mille reflets de gaieté dans les corps et dans les esprits. Ils allaient, la main dans la main, le long de la berge, en regardant les petits poissons qui glissaient, par troupes, entre deux eaux. Ils allaient, inondés de bonheur, comme soulevés de terre dans une félicité éperdue.

Elle dit enfin :

« Comme vous devez me trouver folle. »

Il demanda : « Pourquoi ça ? » Elle reprit :

« N'est-ce pas une folie de venir comme ça toute seule avec vous ?

– Mais non ! c'est bien naturel.

– Non ! non ! ce n'est pas naturel – pour moi, – parce que je ne veux pas fauter [1], – et c'est comme ça qu'on faute, cependant. Mais si vous saviez ! c'est si triste, tous les jours, la même chose, tous les jours du mois et tous les mois de l'année. Je suis toute seule avec maman. Et comme elle a eu bien des chagrins, elle n'est pas gaie. Moi, je fais comme je peux. Je tâche de rire quand même ; mais je ne réussis pas toujours. C'est égal, c'est mal d'être venue. Vous ne m'en voudrez pas, au moins ? »

Pour répondre, il l'embrassa vivement dans l'oreille. Mais elle se sépara de lui, d'un mouvement brusque ; et, fâchée soudain :

« Oh ! monsieur François ! après ce que vous m'avez juré. »

Et ils revinrent vers Maisons-Laffitte.

Ils déjeunèrent au Petit-Havre [2], maison basse, ensevelie sous quatre peupliers énormes, au bord de l'eau.

Le grand air, la chaleur, le petit vin blanc et le trouble de se sentir l'un près de l'autre les rendaient rouges, oppressés et silencieux.

---

1. ***Fauter*** : se laisser séduire, se donner à un homme avant le mariage (mot familier).

2. ***Petit-Havre*** : un « havre », c'est un abri, un refuge. Mais l'auberge s'appelle sans doute ainsi par référence au Havre, le très grand port à l'embouchure de la Seine ; les boucles de la Seine aux environs de Paris étaient sillonnées par les nombreuses barques des canotiers.

Mais après le café une joie brusque les envahit, et, ayant traversé la Seine, ils repartirent le long de la rive, vers le village de La Frette.

Tout à coup il demanda :

« Comment vous appelez-vous ?

– Louise. »

Il répéta : Louise ; et il ne dit plus rien.

La rivière, décrivant une longue courbe, allait baigner au loin une rangée de maisons blanches qui se miraient dans l'eau, la tête en bas. La jeune fille cueillait des marguerites, faisait une grosse gerbe champêtre, et lui, il chantait à pleine bouche, gris comme un jeune cheval qu'on vient de mettre à l'herbe.

À leur gauche, un coteau planté de vignes suivait la rivière. Mais François soudain s'arrêta et demeurant immobile d'étonnement :

« Oh ! regardez », dit-il.

Les vignes avaient cessé, et toute la côte maintenant était couverte de lilas en fleur. C'était un bois violet ! une sorte de grand tapis étendu sur la terre, allant jusqu'au village, là-bas, à deux ou trois kilomètres.

Elle restait aussi saisie, émue. Elle murmura :

« Oh ! que c'est joli ! »

Et, traversant un champ, ils allèrent, en courant, vers cette étrange colline, qui fournit, chaque année, tous les lilas traînés, à travers Paris, dans les petites voitures des marchandes ambulantes.

Un étroit sentier se perdait sous les arbustes. Ils le prirent et, ayant rencontré une petite clairière, ils s'assirent.

Des légions de mouches bourdonnaient au-dessus d'eux, jetaient dans l'air un ronflement doux et continu. Et le soleil, le grand soleil d'un jour sans brise, s'abattait sur le long coteau épanoui, faisait sortir de ce bois de bouquets un arôme puissant, un immense souffle de parfums, cette sueur des fleurs.

Une cloche d'église sonnait au loin.

Et, tout doucement, ils s'embrassèrent, puis s'étreignirent, étendus sur l'herbe, sans conscience de rien que de leur baiser. Elle avait fermé les yeux et le tenait à pleins bras, le serrant éperdument, sans une pensée, la raison perdue, engourdie de la tête aux pieds dans une attente passionnée. Et elle se donna tout entière sans savoir ce qu'elle faisait, sans comprendre même qu'elle s'était livrée à lui.

Elle se réveilla dans l'affolement des grands malheurs et elle se mit à pleurer, gémissant de douleur, la figure cachée sous ses mains.

Il essayait de la consoler. Mais elle voulut repartir, revenir, rentrer tout de suite. Elle répétait sans cesse, en marchant à grands pas :

« Mon Dieu ! mon Dieu ! »

Il lui disait :

« Louise ! Louise ! restons, je vous en prie. »

Elle avait maintenant les pommettes rouges et les yeux caves. Dès qu'ils furent dans la gare de Paris, elle le quitta sans même lui dire adieu.

Quand il la rencontra le lendemain, dans l'omnibus, elle lui parut changée, amaigrie. Elle lui dit :

« Il faut que je vous parle ; nous allons descendre au boulevard. »

Dès qu'ils furent seuls sur le trottoir :

« Il faut nous dire adieu, dit-elle. Je ne peux pas vous revoir après ce qui s'est passé. »

Il balbutia :

« Mais, pourquoi ?

– Parce que je ne peux pas. J'ai été coupable. Je ne le serai plus. »

Alors il l'implora, la supplia, torturé de désirs, affolé du besoin de l'avoir tout entière, dans l'abandon absolu des nuits d'amour.

Elle répondait obstinément :

« Non, je ne peux pas. Non, je ne peux pas. »

Mais il s'animait, s'excitait davantage. Il promit de l'épouser. Elle dit encore :

« Non. »

Et le quitta.

Pendant huit jours, il ne la vit pas. Il ne la put rencontrer, et, comme il ne savait point son adresse, il la croyait perdue pour toujours.

Le neuvième, au soir, on sonna chez lui. Il alla ouvrir. C'était elle. Elle se jeta dans ses bras, et ne résista plus.

Pendant trois mois, elle fut sa maîtresse. Il commençait à se lasser d'elle, quand elle lui apprit qu'elle était grosse[1]. Alors, il n'eut plus qu'une idée en tête : rompre à tout prix.

Comme il n'y pouvait parvenir, ne sachant s'y prendre, ne sachant que dire, affolé d'inquiétudes, avec la peur de cet enfant qui grandissait, il prit un parti suprême. Il déménagea, une nuit, et disparut.

Le coup fut si rude qu'elle ne chercha pas celui qui l'avait ainsi abandonnée. Elle se jeta aux genoux de sa mère en lui confessant son malheur ; et, quelques mois plus tard, elle accoucha d'un garçon.

Des années s'écoulèrent. François Tessier vieillissait sans qu'aucun changement se fît en sa vie. Il menait l'existence monotone et morne des bureaucrates, sans espoirs et sans attentes. Chaque jour, il se levait à la même heure, suivait les mêmes rues, passait par la même porte devant le même concierge, entrait dans le même bureau, s'asseyait sur le même siège, et accomplissait la même besogne. Il était seul au monde, seul, le jour, au milieu de ses collègues indifférents, seul, la nuit, dans son logement de garçon[2]. Il économisait cent francs par mois pour la vieillesse.

---

1. ***Grosse*** : enceinte.
2. ***Garçon*** : célibataire.

Chaque dimanche, il faisait un tour aux Champs-Élysées, afin de regarder passer le monde élégant, les équipages[1] et les jolies femmes.

Il disait le lendemain, à son compagnon de peine :

« Le retour du Bois était fort brillant, hier. »

Or, un dimanche, par hasard, ayant suivi des rues nouvelles, il entra au parc Monceau. C'était par un clair matin d'été.

Les bonnes et les mamans, assises le long des allées, regardaient les enfants jouer devant elles.

Mais soudain François Tessier frissonna. Une femme passait, tenant par la main deux enfants : un petit garçon d'environ dix ans, et une petite fille de quatre ans. C'était elle.

Il fit encore une centaine de pas, puis s'affaissa sur une chaise, suffoqué par l'émotion. Elle ne l'avait pas reconnu. Alors il revint, cherchant à la voir encore. Elle s'était assise, maintenant. Le garçon demeurait très sage, à son côté, tandis que la fillette faisait des pâtés de terre. C'était elle, c'était bien elle. Elle avait un air sérieux de dame, une toilette simple, une allure assurée et digne.

Il la regardait de loin, n'osant pas approcher. Le petit garçon leva la tête. François Tessier se sentit trembler. C'était son fils, sans doute. Et il le considéra, et il crut se reconnaître lui-même tel qu'il était sur une photographie faite autrefois.

Et il demeura caché derrière un arbre, attendant qu'elle s'en allât, pour la suivre.

Il n'en dormit pas la nuit suivante. L'idée de l'enfant surtout le harcelait. Son fils ! Oh ! s'il avait pu savoir, être sûr ? Mais qu'aurait-il fait ?

Il avait vu sa maison ; il s'informa. Il apprit qu'elle avait été épousée par un voisin, un honnête homme de mœurs graves, touché par sa détresse. Cet homme, sachant la faute et la

1. ***Équipages*** : riches voitures particulières, tirées par des chevaux et conduites par des domestiques stylés.

pardonnant, avait même reconnu l'enfant, son enfant à lui, François Tessier.

Il revint au parc Monceau chaque dimanche. Chaque dimanche il la voyait, et chaque fois une envie folle, irrésistible, l'envahissait, de prendre son fils dans ses bras, de le couvrir de baisers, de l'emporter, de le voler.

Il souffrait affreusement dans son isolement misérable de vieux garçon sans affections ; il souffrait une torture atroce, déchiré par une tendresse paternelle faite de remords, d'envie, de jalousie, et de ce besoin d'aimer ses petits que la nature a mis aux entrailles des êtres.

Il voulut enfin faire une tentative désespérée, et, s'approchant d'elle, un jour, comme elle entrait au parc, il lui dit, planté au milieu du chemin, livide, les lèvres secouées de frissons :

« Vous ne me reconnaissez pas ? »

Elle leva les yeux, le regarda, poussa un cri d'effroi, un cri d'horreur, et, saisissant par les mains ses deux enfants, elle s'enfuit, en les traînant derrière elle.

Il rentra chez lui pour pleurer.

Des mois encore passèrent. Il ne la voyait plus. Mais il souffrait jour et nuit, rongé, dévoré par sa tendresse de père.

Pour embrasser son fils, il serait mort, il aurait tué, il aurait accompli toutes les besognes, bravé tous les dangers, tenté toutes les audaces.

Il lui écrivit à elle. Elle ne répondit pas. Après vingt lettres, il comprit qu'il ne devait point espérer la fléchir. Alors il prit une résolution désespérée, et prêt à recevoir dans le cœur une balle de revolver s'il le fallait. Il adressa à son mari un billet de quelques mots :

« Monsieur,

« Mon nom doit être pour vous un sujet d'horreur. Mais je suis si misérable, si torturé par le chagrin, que je n'ai plus d'espoir qu'en vous.

« Je viens vous demander seulement un entretien de dix minutes.

« J'ai l'honneur, etc. »

Il reçut le lendemain la réponse :

« Monsieur,

« Je vous attends mardi à cinq heures. »

En gravissant l'escalier, François Tessier s'arrêtait de marche en marche, tant son cœur battait. C'était dans sa poitrine un bruit précipité, comme un galop de bête, un bruit sourd et violent. Et il ne respirait plus qu'avec effort, tenant la rampe pour ne pas tomber.

Au troisième étage, il sonna. Une bonne vint ouvrir. Il demanda :

« Monsieur Flamel.

– C'est ici, monsieur. Entrez. »

Et il pénétra dans un salon bourgeois. Il était seul ; il attendit éperdu [1], comme au milieu d'une catastrophe.

Une porte s'ouvrit. Un homme parut. Il était grand, grave, un peu gros, en redingote noire. Il montra un siège de la main.

François Tessier s'assit, puis, d'une voix haletante :

« Monsieur… monsieur… je ne sais pas si vous connaissez mon nom… si vous savez… »

M. Flamel l'interrompit :

« C'est inutile, monsieur, je sais. Ma femme m'a parlé de vous. »

Il avait le ton digne d'un homme bon qui veut être sévère, et une majesté bourgeoise d'honnête homme. François Tessier reprit :

1. ***Éperdu*** : profondément ému.

« Eh bien, monsieur, voilà. Je meurs de chagrin, de remords, de honte. Et je voudrais une fois, rien qu'une fois, embrasser... l'enfant... »

M. Flamel se leva, s'approcha de la cheminée, sonna. La bonne parut. Il lui dit :

« Allez me chercher Louis. »

Elle sortit. Ils restèrent face à face, muets, n'ayant plus rien à se dire, attendant.

Et, tout à coup, un petit garçon de dix ans se précipita dans le salon, et courut à celui qu'il croyait son père. Mais il s'arrêta, confus, en apercevant un étranger.

M. Flamel le baisa sur le front, puis lui dit :

« Maintenant, embrasse monsieur, mon chéri. »

Et l'enfant s'en vint gentiment, en regardant cet inconnu.

François Tessier s'était levé. Il laissa tomber son chapeau, prêt à choir lui-même. Et il contemplait son fils.

M. Flamel, par délicatesse, s'était détourné, et il regardait par la fenêtre, dans la rue.

L'enfant attendait, tout surpris. Il ramassa le chapeau et le rendit à l'étranger. Alors François, saisissant le petit dans ses bras, se mit à l'embrasser follement à travers tout son visage, sur les yeux, sur les joues, sur la bouche, sur les cheveux.

Le gamin, effaré par cette grêle de baisers, cherchait à les éviter, détournait la tête, écartait de ses petites mains les lèvres goulues de cet homme.

Mais François Tessier, brusquement, le remit à terre. Il cria :

« Adieu ! adieu ! »

Et il s'enfuit comme un voleur.

Le Baptême

Devant la porte de la ferme, les hommes endimanchés attendaient. Le soleil de mai versait sa claire lumière sur les pommiers épanouis, ronds comme d'immenses bouquets blancs, roses et parfumés, et qui mettaient sur la cour entière un toit de fleurs. Ils semaient sans cesse autour d'eux une neige de pétales menus, qui voltigeaient et tournoyaient en tombant dans l'herbe haute, où les pissenlits brillaient comme des flammes, où les coquelicots semblaient des gouttes de sang.

Une truie somnolait sur le bord du fumier, le ventre énorme, les mamelles gonflées, tandis qu'une troupe de petits porcs tournaient autour, avec leur queue roulée comme une corde.

Tout à coup, là-bas, derrière les arbres des fermes, la cloche de l'église tinta. Sa voix de fer jetait dans le ciel joyeux son appel faible et lointain. Des hirondelles filaient comme des flèches à travers l'espace bleu qu'enfermaient les grands hêtres immobiles. Une odeur d'étable passait parfois, mêlée au souffle doux et sucré des pommiers.

Un des hommes debout devant la porte se tourna vers la maison et cria :

« Allons, allons, Mélina, v'là que ça sonne ! »

Il avait peut-être trente ans. C'était un grand paysan, que les longs travaux des champs n'avaient point encore courbé ni déformé. Un vieux, son père, noueux comme un tronc de chêne, avec des poignets bossus et des jambes torses, déclara :

« Les femmes, c'est jamais prêt, d'abord. »

Les deux autres fils du vieux se mirent à rire, et l'un, se tournant vers le frère aîné, qui avait appelé le premier, lui dit :

« Va les quérir, Polyte. All' viendront point avant midi. »

Et le jeune homme entra dans sa demeure.

Une bande de canards arrêtée près des paysans se mit à crier en battant des ailes ; puis ils partirent vers la mare de leur pas lent et balancé.

Alors, sur la porte demeurée ouverte, une grosse femme parut qui portait un enfant de deux mois. Les brides blanches de son haut bonnet lui pendaient sur le dos, retombant sur un châle rouge, éclatant comme un incendie, et le moutard, enveloppé de linges blancs, reposait sur le ventre en bosse de la garde [1].

Puis la mère, grande et forte, sortit à son tour, à peine âgée de dix-huit ans, fraîche et souriante, tenant le bras de son homme. Et les deux grand-mères vinrent ensuite, fanées ainsi que de vieilles pommes, avec une fatigue évidente dans leurs reins forcés [2], tournés depuis longtemps par les patientes et rudes besognes. Une d'elles était veuve ; elle prit le bras du grand-père, demeuré devant la porte, et ils partirent en tête du cortège, derrière l'enfant et la sage-femme. Et le reste de la famille se mit en route à la suite. Les plus jeunes portaient des sacs de papier pleins de dragées.

Là-bas, la petite cloche sonnait sans repos, appelant de toute sa force le frêle marmot attendu. Des gamins montaient sur les fossés ; des gens apparaissaient aux barrières ; des filles de ferme restaient debout entre deux seaux pleins de lait qu'elles posaient à terre pour regarder le baptême.

Et la garde, triomphante, portait son fardeau vivant, évitait les flaques d'eau dans les chemins creux, entre les talus plantés d'arbres. Et les vieux venaient avec cérémonie, marchant un peu

---

1. ***La garde*** : la sage-femme.
2. ***Leurs reins forcés*** : leurs reins douloureux à force d'efforts excessifs (langage familier).

de travers, vu l'âge et les douleurs ; et les jeunes avaient envie de danser, et ils regardaient les filles qui venaient les voir passer ; et le père et la mère allaient gravement, plus sérieux, suivant cet enfant qui les remplacerait, plus tard, dans la vie, qui continuerait dans le pays leur nom, le nom des Dentu, bien connu par le canton.

Ils débouchèrent dans la plaine et prirent à travers les champs pour éviter le long détour de la route.

On apercevait l'église maintenant, avec son clocher pointu. Une ouverture le traversait juste au-dessous du toit d'ardoises ; et quelque chose remuait là-dedans, allant et venant d'un mouvement vif, passant et repassant derrière l'étroite fenêtre. C'était la cloche qui sonnait toujours, criant au nouveau-né de venir, pour la première fois, dans la maison du Bon Dieu.

Un chien s'était mis à suivre. On lui jetait des dragées, il gambadait autour des gens.

La porte de l'église était ouverte. Le prêtre, un grand garçon à cheveux rouges, maigre et fort, un Dentu aussi, lui, oncle du petit, encore un frère du père, attendait devant l'autel. Et il baptisa suivant les rites son neveu Prosper-César, qui se mit à pleurer en goûtant le sel symbolique[1].

Quand la cérémonie fut achevée, la famille demeura sur le seuil pendant que l'abbé quittait son surplis[2] ; puis on se remit en route. On allait vite maintenant, car on pensait au dîner. Toute la marmaille du pays suivait, et, chaque fois qu'on lui jetait une poignée de bonbons, c'était une mêlée furieuse, des luttes corps à corps, des cheveux arrachés ; et le chien aussi se jetait dans le tas pour ramasser les sucreries, tiré par la queue, par les oreilles, par les pattes, mais plus obstiné que les gamins.

---

1. ***Le sel symbolique*** : le sel de la vie, dont on touche les lèvres du bébé lors du baptême.

2. ***Surplis*** : vaste robe blanche plissée que le prêtre enfile par-dessus sa soutane.

La garde, un peu lasse, dit à l'abbé, qui marchait auprès d'elle :

« Dites donc, m'sieu le curé, si ça ne vous opposait pas de m'tenir un brin vot' neveu pendant que je m' dégourdirai. J'ai quasiment une crampe dans les estomacs. »

Le prêtre prit l'enfant, dont la robe blanche faisait une grande tache éclatante sur la soutane noire, et il l'embrassa, gêné par ce léger fardeau, ne sachant comment le tenir, comment le poser. Tout le monde se mit à rire. Une des grand-mères demanda de loin :

« Ça ne t' fait-il point deuil, dis, l'abbé, qu' tu n'en auras jamais de comme ça ? »

Le prêtre ne répondit pas. Il allait à grandes enjambées, regardant fixement le moutard aux yeux bleus, dont il avait envie d'embrasser encore les joues rondes. Il n'y tint plus, et, le levant jusqu'à son visage, il le baisa longuement.

Le père cria :

« Dis donc, curé, si t'en veux un, t'as qu'à le dire. »

Et on se mit à plaisanter, comme plaisantent les gens des champs.

Dès qu'on fut assis à table, la lourde gaieté campagnarde éclata comme une tempête. Les deux autres fils allaient aussi se marier ; leurs fiancées étaient là, arrivées seulement pour le repas ; et les invités ne cessaient de lancer des allusions à toutes les générations futures que promettaient ces unions.

C'étaient des gros mots, fortement salés [1], qui faisaient ricaner les filles rougissantes et se tordre les hommes. Ils tapaient du poing sur la table, poussaient des cris. Le père et le grand-père ne tarissaient point en propos polissons. La mère souriait ; les vieilles prenaient leur part de joie et lançaient aussi des gaillardises [2].

1. ***Fortement salés*** : très grossiers.
2. ***Gaillardises*** : plaisanteries un peu osées.

Le curé, habitué à ces débauches paysannes, restait tranquille, assis à côté de la garde, agaçant du doigt la petite bouche de son neveu pour le faire rire. Il semblait surpris par la vue de cet enfant, comme s'il n'en avait jamais aperçu. Il le considérait avec une attention réfléchie, avec une gravité songeuse, avec une tendresse éveillée au fond de lui, une tendresse inconnue, singulière, vive et un peu triste, pour ce petit être fragile qui était le fils de son frère.

Il n'entendait rien, il ne voyait rien, il contemplait l'enfant. Il avait envie de le prendre encore sur ses genoux, car il gardait, sur sa poitrine et dans son cœur, la sensation douce de l'avoir porté tout à l'heure, en revenant de l'église. Il restait ému devant cette larve d'homme comme devant un mystère ineffable[1] auquel il n'avait jamais pensé, un mystère auguste et saint, l'incarnation d'une âme nouvelle, le grand mystère de la vie qui commence, de l'amour qui s'éveille, de la race qui se continue, de l'humanité qui marche toujours.

La garde mangeait, la face rouge, les yeux luisants, gênée par le petit qui l'écartait de la table.

L'abbé lui dit :

« Donnez-le-moi. Je n'ai pas faim. »

Et il reprit l'enfant. Alors tout disparut autour de lui, tout s'effaça ; et il restait les yeux fixés sur cette figure rose et bouffie ; et peu à peu, la chaleur du petit corps, à travers les langes et le drap de la soutane, lui gagnait les jambes, le pénétrait comme une caresse très légère, très bonne, très chaste, une caresse délicieuse qui lui mettait des larmes aux yeux.

Le bruit des mangeurs devenait effrayant. L'enfant, agacé par ces clameurs, se mit à pleurer.

Une voix s'écria :

« Dis donc, l'abbé, donne-lui à téter. »

---

1. ***Ineffable*** : inexprimable.

Et une explosion de rires secoua la salle. Mais la mère s'était levée ; elle prit son fils et l'emporta dans la chambre voisine. Elle revint au bout de quelques minutes en déclarant qu'il dormait tranquillement dans son berceau.

Et le repas continua. Hommes et femmes sortaient de temps en temps dans la cour, puis rentraient se mettre à table. Les viandes, les légumes, le cidre et le vin s'engouffraient dans les bouches, gonflaient les ventres, allumaient les yeux, faisaient délirer les esprits.

La nuit tombait quand on prit le café. Depuis longtemps le prêtre avait disparu, sans qu'on s'étonnât de son absence.

La jeune mère enfin se leva pour aller voir si le petit dormait toujours. Il faisait sombre à présent. Elle pénétra dans la chambre à tâtons ; et elle avançait, les bras étendus, pour ne point heurter de meuble. Mais un bruit singulier l'arrêta net ; et elle ressortit effarée, sûre d'avoir entendu remuer quelqu'un. Elle rentra dans la salle, fort pâle, tremblante, et raconta la chose. Tous les hommes se levèrent en tumulte, gris et menaçants ; et le père, une lampe à la main, s'élança.

L'abbé, à genoux près du berceau, sanglotait, le front sur l'oreiller où reposait la tête de l'enfant.

Coco

Dans tout le pays environnant on appelait la ferme des Lucas « la Métairie ». On n'aurait su dire pourquoi. Les paysans, sans doute, attachaient à ce mot « métairie [1] » une idée de richesse et de grandeur, car cette ferme était assurément la plus vaste, la plus opulente et la plus ordonnée de la contrée.

La cour, immense, entourée de cinq rangs d'arbres magnifiques pour abriter contre le vent violent de la plaine les pommiers trapus et délicats, enfermait de longs bâtiments couverts en tuiles pour conserver les fourrages et les grains, de belles étables bâties en silex, des écuries pour trente chevaux, et une maison d'habitation en brique rouge, qui ressemblait à un petit château.

Les fumiers étaient bien tenus ; les chiens de garde habitaient en des niches, un peuple de volailles circulait dans l'herbe haute.

Chaque midi, quinze personnes, maîtres, valets et servantes, prenaient place autour de la longue table de cuisine où fumait la soupe dans un grand vase de faïence à fleurs bleues.

Les bêtes, chevaux, vaches, porcs et moutons, étaient grasses, soignées et propres ; et maître Lucas, un grand homme qui prenait du ventre, faisait sa ronde trois fois par jour, veillant sur tout et pensant à tout.

On conservait, par charité, dans le fond de l'écurie, un très vieux cheval blanc que la maîtresse voulait nourrir jusqu'à sa

1. ***Métairie*** : domaine agricole confié à un fermier qui, en guise de loyer, partage la récolte avec le propriétaire.

mort naturelle, parce qu'elle l'avait élevé, gardé toujours, et qu'il lui rappelait des souvenirs.

Un goujat[1] de quinze ans, nommé Isidore Duval, et appelé plus simplement Zidore, prenait soin de cet invalide, lui donnait, pendant l'hiver, sa mesure d'avoine et son fourrage, et devait aller, quatre fois par jour, en été, le déplacer dans la côte[2] où on l'attachait, afin qu'il eût en abondance de l'herbe fraîche.

L'animal, presque perclus[3], levait avec peine ses jambes lourdes, grosses des genoux et enflées au-dessus des sabots. Ses poils, qu'on n'étrillait plus jamais, avaient l'air de cheveux blancs, et des cils très longs donnaient à ses yeux un air triste.

Quand Zidore le menait à l'herbe, il lui fallait tirer sur la corde, tant la bête allait lentement; et le gars, courbé, haletant, jurait contre elle, s'exaspérant d'avoir à soigner cette vieille rosse[4].

Les gens de la ferme, voyant cette colère du goujat contre Coco, s'en amusaient, parlaient sans cesse du cheval à Zidore, pour exaspérer le gamin. Ses camarades le plaisantaient. On l'appelait dans le village Coco-Zidore.

Le gars rageait, sentant naître en lui le désir de se venger du cheval. C'était un maigre enfant haut sur jambes, très sale, coiffé de cheveux roux, épais, durs et hérissés. Il semblait stupide, parlait en bégayant, avec une peine infinie, comme si les idées n'eussent pu se former dans son âme épaisse de brute.

Depuis longtemps déjà, il s'étonnait qu'on gardât Coco, s'indignant de voir perdre du bien pour cette bête inutile. Du moment qu'elle ne travaillait plus, il lui semblait injuste de la nourrir, il lui semblait révoltant de gaspiller de l'avoine, de l'avoine qui coûtait si cher, pour ce bidet[5] paralysé. Et souvent

---

1. ***Goujat*** : petit domestique qui garde les bestiaux (dans le parler normand).
2. ***Dans la côte*** : sur le flanc de la petite colline.
3. ***Perclus*** : paralysé.
4. ***Rosse*** : cheval (mot péjoratif).
5. ***Bidet*** : cheval (mot péjoratif).

même, malgré les ordres de maître Lucas, il économisait sur la nourriture du cheval, ne lui versant qu'une demi-mesure, ménageant sa litière et son foin. Et une haine grandissait en son esprit confus d'enfant, une haine de paysan rapace, de paysan sournois, féroce, brutal et lâche.

Lorsque revint l'été, il lui fallut aller *remuer*[1] la bête dans sa côte. C'était loin. Le goujat, plus furieux chaque matin, partait de son pas lourd à travers les blés. Les hommes qui travaillaient dans les terres lui criaient, par plaisanterie :

« Hé Zidore, tu f'ras mes compliments à Coco. »

Il ne répondait point ; mais il cassait, en passant, une baguette dans une haie et, dès qu'il avait déplacé l'attache du vieux cheval, il le laissait se remettre à brouter ; puis, approchant traîtreusement, il lui cinglait les jarrets. L'animal essayait de fuir, de ruer, d'échapper aux coups, et il tournait au bout de sa corde comme s'il eût été enfermé dans une piste. Et le gars le frappait avec rage, courant derrière, acharné, les dents serrées par la colère.

Puis il s'en allait lentement, sans se retourner, tandis que le cheval le regardait partir de son œil de vieux, les côtes saillantes, essoufflé d'avoir trotté. Et il ne rebaissait vers l'herbe sa tête osseuse et blanche qu'après avoir vu disparaître au loin la blouse bleue du jeune paysan.

Comme les nuits étaient chaudes, on laissait maintenant Coco coucher dehors, là-bas, au bord de la ravine, derrière le bois. Zidore seul allait le voir.

L'enfant s'amusait encore à lui jeter des pierres. Il s'asseyait à dix pas de lui, sur un talus, et il restait là une demi-heure, lançant de temps en temps un caillou tranchant au bidet, qui demeurait

1. ***Remuer*** : changer de place.

debout, enchaîné devant son ennemi, et le regardant sans cesse, sans oser paître avant qu'il fût reparti.

Mais toujours cette pensée restait plantée dans l'esprit du goujat : « Pourquoi nourrir ce cheval qui ne faisait plus rien ? » Il lui semblait que cette misérable rosse volait le manger des autres, volait l'avoir des hommes, le bien du bon Dieu, le volait même aussi, lui, Zidore, qui travaillait.

Alors, peu à peu, chaque jour, le gars diminua la bande de pâturage qu'il lui donnait en avançant le piquet de bois où était fixée la corde.

La bête jeûnait, maigrissait, dépérissait. Trop faible pour casser son attache, elle tendait la tête vers la grande herbe verte et luisante, si proche, et dont l'odeur lui venait sans qu'elle y pût toucher.

Mais, un matin, Zidore eut une idée : c'était de ne plus remuer Coco. Il en avait assez d'aller si loin pour cette carcasse.

Il vint cependant, pour savourer sa vengeance. La bête inquiète le regardait. Il ne la battit pas ce jour-là. Il tournait autour, les mains dans les poches. Même il fit mine de la changer de place, mais il renfonça le piquet juste dans le même trou, et il s'en alla, enchanté de son invention.

Le cheval, le voyant partir, hennit pour le rappeler ; mais le goujat se mit à courir, le laissant seul, tout seul, dans son vallon, bien attaché, et sans un brin d'herbe à portée de la mâchoire.

Affamé, il essaya d'atteindre la grasse verdure qu'il touchait du bout de ses naseaux. Il se mit sur les genoux, tendant le cou, allongeant ses grandes lèvres baveuses. Ce fut en vain. Tout le jour, elle s'épuisa, la vieille bête, en efforts inutiles, en efforts terribles. La faim la dévorait, rendue plus affreuse par la vue de toute la verte nourriture qui s'étendait par l'horizon.

Le goujat ne revint point ce jour-là. Il vagabonda par les bois pour chercher des nids.

Il reparut le lendemain. Coco, exténué, s'était couché. Il se leva en apercevant l'enfant, attendant, enfin, d'être changé de place.

Mais le petit paysan ne toucha même pas au maillet jeté dans l'herbe. Il s'approcha, regarda l'animal, lui lança dans le nez une motte de terre qui s'écrasa sur le poil blanc, et il repartit en sifflant.

Le cheval resta debout tant qu'il put l'apercevoir encore ; puis, sentant bien que ses tentatives pour atteindre l'herbe voisine seraient inutiles, il s'étendit de nouveau sur le flanc et ferma les yeux.

Le lendemain, Zidore ne vint pas.

Quand il approcha, le jour suivant, de Coco toujours étendu, il s'aperçut qu'il était mort.

Alors il demeura debout, le regardant, content de son œuvre, étonné en même temps que ce fût déjà fini. Il le toucha du pied, leva une de ses jambes, puis la laissa retomber, s'assit dessus, et resta là, les yeux fixés dans l'herbe et sans penser à rien.

Il revint à la ferme, mais il ne dit pas l'accident, car il voulait vagabonder encore aux heures où, d'ordinaire, il allait changer de place le cheval.

Il alla le voir le lendemain. Des corbeaux s'envolèrent à son approche. Des mouches innombrables se promenaient sur le cadavre et bourdonnaient à l'entour.

En rentrant il annonça la chose. La bête était si vieille que personne ne s'étonna. Le maître dit à deux valets :

« Prenez vos pelles, vous f'rez un trou là oùsqu'il est. »

Et les hommes enfouirent le cheval juste à la place où il était mort de faim.

Et l'herbe poussa drue, verdoyante, vigoureuse, nourrie par le pauvre corps.

Mademoiselle Perle

I

Quelle singulière idée j'ai eue, vraiment, ce soir-là, de choisir pour reine Mlle Perle.

Je vais tous les ans faire les Rois chez mon vieil ami Chantal. Mon père, dont il était le plus intime camarade, m'y conduisait quand j'étais enfant. J'ai continué, et je continuerai sans doute tant que je vivrai, et tant qu'il y aura un Chantal en ce monde.

Les Chantal, d'ailleurs, ont une existence singulière ; ils vivent à Paris comme s'ils habitaient Grasse, Yvetot ou Pont-à-Mousson [1].

Ils possèdent, auprès de l'Observatoire [2], une maison dans un petit jardin. Ils sont chez eux, là, comme en province. De Paris, du vrai Paris, ils ne connaissent rien, ils ne soupçonnent rien ; ils sont si loin ! si loin ! Parfois, cependant, ils y font un voyage, un long voyage. Mme Chantal va aux grandes provisions, comme on dit dans la famille. Voici comment on va aux grandes provisions.

Mlle Perle, qui a les clefs des armoires de cuisine (car les armoires au linge sont administrées par la maîtresse elle-même), Mlle Perle prévient que le sucre touche à sa fin, que les conserves sont épuisées, qu'il ne reste plus grand-chose au fond du sac à café.

---

1. ***Grasse, Yvetot ou Pont-à-Mousson*** : Grasse est une ville de la Côte d'Azur, Yvetot une ville de Normandie, Pont-à-Mousson une ville de Lorraine.
2. ***L'Observatoire*** : l'observatoire astronomique, sur la rive gauche, tout en haut du boulevard Saint-Michel.

Ainsi mise en garde contre la famine, Mme Chantal passe l'inspection des restes, en prenant des notes sur un calepin. Puis, quand elle a inscrit beaucoup de chiffres, elle se livre d'abord à de longs calculs et ensuite à de longues discussions avec Mlle Perle. On finit cependant par se mettre d'accord et par fixer les quantités de chaque chose dont on se pourvoira pour trois mois : sucre, riz, pruneaux, café, confitures, boîtes de petits pois, de haricots, de homard, poissons salés ou fumés, etc., etc.

Après quoi, on arrête [1] le jour des achats et on s'en va, en fiacre, dans un fiacre à galerie [2], chez un épicier considérable qui habite au-delà des ponts, dans les quartiers neufs.

Mme Chantal et Mlle Perle font ce voyage ensemble, mystérieusement, et reviennent à l'heure du dîner, exténuées, bien qu'émues encore, et cahotées dans le coupé [3], dont le toit est couvert de paquets et de sacs, comme une voiture de déménagement.

Pour les Chantal, toute la partie de Paris située de l'autre côté de la Seine constitue les quartiers neufs, quartiers habités par une population singulière, bruyante, peu honorable, qui passe les jours en dissipations, les nuits en fêtes, et qui jette l'argent par les fenêtres. De temps en temps cependant, on mène les jeunes filles au théâtre, à l'Opéra-Comique ou au Français [4], quand la pièce est recommandée par le journal que lit M. Chantal.

Les jeunes filles ont aujourd'hui dix-neuf et dix-sept ans ; ce sont deux belles filles, grandes et fraîches, très bien élevées, trop bien élevées, si bien élevées qu'elles passent inaperçues comme deux jolies poupées. Jamais l'idée ne me viendrait de faire attention ou de faire la cour aux demoiselles Chantal ; c'est à peine si

1. ***On arrête*** : on fixe.
2. ***Fiacre à galerie*** : voiture de location tirée par un cheval, conduite par un cocher (le taxi de l'époque), et sur le toit de laquelle on pouvait mettre des paquets.
3. ***Coupé*** : voiture à cheval fermée, à quatre roues et à deux places.
4. ***Au Français*** : au Théâtre-Français, c'est-à-dire à la Comédie-Française.

on ose leur parler, tant on les sent immaculées[1] ; on a presque peur d'être inconvenant en les saluant.

Quant au père, c'est un charmant homme, très instruit, très ouvert, très cordial, mais qui aime avant tout le repos, le calme, la tranquillité, et qui a fortement contribué à momifier ainsi sa famille pour vivre à son gré, dans une stagnante immobilité. Il lit beaucoup, cause volontiers, et s'attendrit facilement. L'absence de contacts, de coudoiements et de heurts a rendu très sensible et délicat son épiderme, son épiderme moral. La moindre chose l'émeut, l'agite et le fait souffrir.

Les Chantal ont des relations cependant, mais des relations restreintes, choisies avec soin dans le voisinage. Ils échangent aussi deux ou trois visites par an avec des parents qui habitent au loin.

Quant à moi, je vais dîner chez eux le 15 août et le jour des Rois. Cela fait partie de mes devoirs comme la communion de Pâques pour les catholiques.

Le 15 août, on invite quelques amis, mais aux Rois, je suis le seul convive étranger.

II

Donc, cette année, comme les autres années, j'ai été dîner chez les Chantal pour fêter l'Épiphanie[2].

Selon la coutume, j'embrassai M. Chantal, Mme Chantal et Mlle Perle, et je fis un grand salut à Mlles Louise et Pauline. On m'interrogea sur mille choses, sur les événements du boulevard[3],

1. ***Immaculées*** : sans tache, parfaites, irréprochables.
2. ***Épiphanie*** : le jour des Rois (qui célèbre le jour où les Rois mages, guidés par une étoile, parvinrent à Bethléem où Jésus venait de naître).
3. ***Les événements du boulevard*** : les événements mondains et artistiques du quartier des opéras et des théâtres, rive droite.

sur la politique, sur ce qu'on pensait dans le public des affaires du Tonkin [1], et sur nos représentants [2]. Mme Chantal, une grosse dame, dont toutes les idées me font l'effet d'être carrées à la façon des pierres de taille, avait coutume d'émettre cette phrase comme conclusion à toute discussion politique : « Tout cela est de la mauvaise graine pour plus tard. » Pourquoi me suis-je toujours imaginé que les idées de Mme Chantal sont carrées ? Je n'en sais rien ; mais tout ce qu'elle dit prend cette forme dans mon esprit : un carré, un gros carré avec quatre angles symétriques. Il y a d'autres personnes dont les idées me semblent toujours rondes et roulantes comme des cerceaux. Dès qu'elles ont commencé une phrase sur quelque chose, ça roule, ça va, ça sort par dix, vingt, cinquante idées rondes, des grandes et des petites que je vois courir l'une derrière l'autre, jusqu'au bout de l'horizon. D'autres personnes aussi ont des idées pointues… Enfin, cela importe peu.

On se mit à table comme toujours, et le dîner s'acheva sans qu'on eût dit rien à retenir.

Au dessert, on apporta le gâteau des Rois. Or, chaque année, M. Chantal était roi. Était-ce l'effet d'un hasard continu ou d'une convention familiale, je n'en sais rien, mais il trouvait infailliblement la fève dans sa part de pâtisserie, et il proclamait reine Mme Chantal. Aussi, fus-je stupéfait en sentant dans une bouchée de brioche quelque chose de très dur qui faillit me casser une dent. J'ôtai doucement cet objet de ma bouche et j'aperçus une petite poupée de porcelaine, pas plus grosse qu'un haricot. La surprise me fit dire : « Ah ! » On me regarda, et Chantal s'écria

---

1. ***Les affaires du Tonkin*** : la France était à cette époque en train de coloniser le Tonkin (c'est-à-dire le Viêtnam du Nord). Il y avait eu un petit affrontement militaire à la frontière avec la Chine, et les Français avaient dû reculer devant les Chinois ; cette défaite entraîna la chute du gouvernement de Jules Ferry, et faisait l'objet de toutes les conversations.

2. ***Nos représentants*** : nos députés.

en battant des mains : « C'est Gaston. C'est Gaston. Vive le roi ! vive le roi ! »

Tout le monde reprit en chœur : « Vive le roi ! » Et je rougis jusqu'aux oreilles, comme on rougit souvent, sans raison, dans les situations un peu sottes. Je demeurais les yeux baissés, tenant entre deux doigts ce grain de faïence, m'efforçant de rire et ne sachant que faire ni que dire, lorsque Chantal reprit : « Maintenant, il faut choisir une reine. »

Alors je fus atterré. En une seconde, mille pensées, mille suppositions me traversèrent l'esprit. Voulait-on me faire désigner une des demoiselles Chantal ? Était-ce là un moyen de me faire dire celle que je préférais ? Était-ce une douce, légère, insensible poussée des parents vers un mariage possible ? L'idée de mariage rôde sans cesse dans toutes les maisons à grandes filles et prend toutes les formes, tous les déguisements, tous les moyens. Une peur atroce de me compromettre m'envahit, et aussi une extrême timidité, devant l'attitude si obstinément correcte et fermée de Mlles Louise et Pauline. Élire l'une d'elles au détriment de l'autre, me sembla aussi difficile que de choisir entre deux gouttes d'eau ; et puis, la crainte de m'aventurer dans une histoire où je serais conduit au mariage malgré moi, tout doucement, par des procédés aussi discrets, aussi inaperçus et aussi calmes que cette royauté insignifiante, me troublait horriblement.

Mais tout à coup, j'eus une inspiration, et je tendis à Mlle Perle la poupée symbolique. Tout le monde fut d'abord surpris, puis on apprécia sans doute ma délicatesse et ma discrétion, car on applaudit avec furie. On criait : « Vive la reine ! vive la reine ! »

Quant à elle, la pauvre vieille fille, elle avait perdu toute contenance ; elle tremblait, effarée, et balbutiait : « Mais non... mais non... mais non... pas moi... je vous en prie... pas moi... je vous en prie... »

Alors, pour la première fois de ma vie, je regardai Mlle Perle, et je me demandai ce qu'elle était.

J'étais habitué à la voir dans cette maison, comme on voit les vieux fauteuils de tapisserie sur lesquels on s'assied depuis son enfance sans y avoir jamais pris garde. Un jour, on ne sait pourquoi, parce qu'un rayon de soleil tombe sur le siège, on se dit tout à coup : « Tiens, mais il est fort curieux, ce meuble » ; et on découvre que le bois a été travaillé par un artiste, et que l'étoffe est remarquable. Jamais je n'avais pris garde à Mlle Perle.

Elle faisait partie de la famille Chantal, voilà tout ; mais comment ? À quel titre ? – C'était une grande personne maigre qui s'efforçait de rester inaperçue, mais qui n'était pas insignifiante. On la traitait amicalement, mieux qu'une femme de charge [1], moins bien qu'une parente. Je saisissais tout à coup, maintenant, une quantité de nuances dont je ne m'étais point soucié jusqu'ici ! Mme Chantal disait : « Perle. » Les jeunes filles : « Mlle Perle », et Chantal ne l'appelait que mademoiselle, d'un air plus révérend [2] peut-être.

Je me mis à la regarder. – Quel âge avait-elle ? Quarante ans ? Oui, quarante ans. – Elle n'était pas vieille, cette fille, elle se vieillissait. Je fus soudain frappé par cette remarque. Elle se coiffait, s'habillait, se parait ridiculement, et, malgré tout, elle n'était point ridicule, tant elle portait en elle de grâce simple, naturelle, de grâce voilée, cachée avec soin. Quelle drôle de créature, vraiment ! Comment ne l'avais-je jamais mieux observée ? Elle se coiffait d'une façon grotesque, avec de petits frisons vieillots tout à fait farces ; et, sous cette chevelure à la Vierge conservée, on voyait un grand front calme, coupé par deux rides profondes, deux rides de longues tristesses, puis deux yeux bleus, larges et doux, si timides, si craintifs, si humbles, deux beaux yeux restés si naïfs, pleins d'étonnement de fillette, de sensations jeunes et aussi de chagrins qui avaient passé dedans, en les attendrissant, sans les troubler.

---

1. ***Femme de charge*** : femme de ménage.
2. ***Révérend*** : respectueux.

Tout le visage était fin et discret, un de ces visages qui se sont éteints sans avoir été usés, ou fanés par les fatigues ou les grandes émotions de la vie.

Quelle jolie bouche ! et quelles jolies dents ! Mais on eût dit qu'elle n'osait pas sourire !

Et, brusquement, je la comparai à Mme Chantal ! Certes, Mlle Perle était mieux, cent fois mieux, plus fine, plus noble, plus fière.

J'étais stupéfait de mes observations. On versait du champagne. Je tendis mon verre à la reine, en portant sa santé [1] avec un compliment bien tourné. Elle eut envie, je m'en aperçus, de se cacher la figure dans sa serviette ; puis, comme elle trempait ses lèvres dans le vin clair, tout le monde cria : « La reine boit ! la reine boit ! » Elle devint alors toute rouge et s'étrangla. On riait ; mais je vis bien qu'on l'aimait beaucoup dans la maison.

III

Dès que le dîner fut fini, Chantal me prit par le bras. C'était l'heure de son cigare, heure sacrée. Quand il était seul, il allait le fumer dans la rue ; quand il avait quelqu'un à dîner, on montait au billard, et il jouait en fumant. Ce soir-là, on avait même fait du feu dans le billard, à cause des Rois ; et mon vieil ami prit sa queue, une queue très fine qu'il frotta de blanc avec grand soin, puis il dit :

« À toi, mon garçon ! »

Car il me tutoyait, bien que j'eusse vingt-cinq ans, mais il m'avait vu tout enfant.

1. « Porter la santé de quelqu'un » signifie boire à la santé de quelqu'un (vieilli).

Je commençai donc la partie ; je fis quelques carambolages [1] ; j'en manquai quelques autres ; mais comme la pensée de Mlle Perle me rôdait dans la tête, je demandai tout à coup :

« Dites donc, monsieur Chantal, est-ce que Mlle Perle est votre parente ? »

Il cessa de jouer, très étonné, et me regarda.

« Comment, tu ne sais pas ? Tu ne connais pas l'histoire de Mlle Perle ?

– Mais non.

– Ton père ne te l'a jamais racontée ?

– Mais non.

– Tiens, tiens, que c'est drôle ! ah ! par exemple, que c'est drôle ! Oh ! mais, c'est toute une aventure ! »

Il se tut, puis reprit :

« Et si tu savais comme c'est singulier que tu me demandes ça aujourd'hui, un jour des Rois !

– Pourquoi ?

*
* *

« Ah ! pourquoi ! Écoute. Voilà de cela quarante et un ans, quarante et un ans aujourd'hui même, jour de l'Épiphanie. Nous habitions alors Roüy-le-Tors [2], sur les remparts ; mais il faut d'abord t'expliquer la maison pour que tu comprennes bien. Roüy est bâti sur une côte, ou plutôt sur un mamelon qui domine un grand pays de prairies. Nous avions là une maison avec un beau jardin suspendu, soutenu en l'air par les vieux murs de défense. Donc la maison était dans la ville, dans la rue, tandis que le jardin dominait la plaine. Il y avait aussi une porte de sortie de ce jardin sur la campagne, au bout d'un escalier secret

---

1. ***Carambolages*** : terme technique au billard ; coups par lesquels une boule en touche deux autres.

2. ***Roüy-le-Tors*** : ville inventée.

qui descendait dans l'épaisseur des murs, comme on en trouve dans les romans. Une route passait devant cette porte qui était munie d'une grosse cloche, car les paysans, pour éviter le grand tour, apportaient par là leurs provisions.

« Tu vois bien les lieux, n'est-ce pas ? Or, cette année-là, aux Rois, il neigeait depuis une semaine. On eût dit la fin du monde. Quand nous allions aux remparts regarder la plaine, ça nous faisait froid dans l'âme, cet immense pays blanc, tout blanc, glacé, et qui luisait comme du vernis. On eût dit que le bon Dieu avait empaqueté la terre pour l'envoyer au grenier des vieux mondes. Je t'assure que c'était bien triste.

« Nous demeurions en famille à ce moment-là, et nombreux, très nombreux : mon père, ma mère, mon oncle et ma tante, mes deux frères et mes quatre cousines ; c'étaient de jolies fillettes ; j'ai épousé la dernière. De tout ce monde-là, nous ne sommes plus que trois survivants : ma femme, moi et ma belle-sœur qui habite Marseille. Sacristi, comme ça s'égrène[1], une famille ! ça me fait trembler quand j'y pense ! Moi, j'avais quinze ans, puisque j'en ai cinquante-six.

« Donc, nous allions fêter les Rois, et nous étions très gais, très gais ! Tout le monde attendait le dîner dans le salon, quand mon frère aîné, Jacques, se mit à dire : “Il y a un chien qui hurle dans la plaine depuis dix minutes, ça doit être une pauvre bête perdue.”

« Il n'avait pas fini de parler, que la cloche du jardin tinta. Elle avait un gros son de cloche d'église qui faisait penser aux morts. Tout le monde en frissonna. Mon père appela le domestique et lui dit d'aller voir. On attendit en grand silence ; nous pensions à la neige qui couvrait toute la terre. Quand l'homme revint, il affirma qu'il n'avait rien vu. Le chien hurlait toujours, sans cesse, et sa voix ne changeait point de place.

1. ***S'égrène*** : se défait petit à petit.

« On se mit à table ; mais nous étions un peu émus, surtout les jeunes. Ça alla bien jusqu'au rôti, puis voilà que la cloche se remet à sonner, trois fois de suite, trois grands coups, longs, qui ont vibré jusqu'au bout de nos doigts et qui nous ont coupé le souffle, tout net. Nous restions à nous regarder, la fourchette en l'air, écoutant toujours, et saisis d'une espèce de peur surnaturelle.

« Ma mère enfin parla : "C'est étonnant qu'on ait attendu si longtemps pour revenir ; n'allez pas seul, Baptiste ; un de ces messieurs va vous accompagner."

« Mon oncle François se leva. C'était une espèce d'hercule [1], très fier de sa force et qui ne craignait rien au monde. Mon père lui dit : "Prends un fusil. On ne sait pas ce que ça peut être."

« Mais mon oncle ne prit qu'une canne et sortit aussitôt avec le domestique.

« Nous autres, nous demeurâmes frémissants de terreur et d'angoisse, sans manger, sans parler. Mon père essaya de nous rassurer : "Vous allez voir, dit-il, que ce sera quelque mendiant ou quelque passant perdu dans la neige. Après avoir sonné une première fois, voyant qu'on n'ouvrait pas tout de suite, il a tenté de retrouver son chemin, puis, n'ayant pu y parvenir, il est revenu à notre porte."

« L'absence de mon oncle nous parut durer une heure. Il revint enfin, furieux, jurant : "Rien, nom de nom, c'est un farceur ! Rien que ce maudit chien qui hurle à cent mètres des murs. Si j'avais pris un fusil, je l'aurais tué pour le faire taire."

« On se remit à dîner, mais tout le monde demeurait anxieux ; on sentait bien que ce n'était pas fini, qu'il allait se passer quelque chose, que la cloche, tout à l'heure, sonnerait encore.

« Et elle sonna, juste au moment où l'on coupait le gâteau des Rois. Tous les hommes se levèrent ensemble. Mon oncle

1. ***Hercule*** : homme d'une force exceptionnelle (du nom d'Hercule, héros de la mythologie antique ; en grec : Héraclès).

François, qui avait bu du champagne, affirma qu'il allait LE massacrer, avec tant de fureur que ma mère et ma tante se jetèrent sur lui pour l'empêcher. Mon père, bien que très calme et un peu impotent (il traînait la jambe depuis qu'il se l'était cassée en tombant de cheval), déclara à son tour qu'il voulait savoir ce que c'était, et qu'il irait. Mes frères, âgés de dix-huit et de vingt ans, coururent chercher leurs fusils ; et comme on ne faisait guère attention à moi, je m'emparai d'une carabine de jardin et je me disposai aussi à accompagner l'expédition.

« Elle partit aussitôt. Mon père et mon oncle marchaient devant, avec Baptiste, qui portait une lanterne. Mes frères Jacques et Paul suivaient, et je venais derrière, malgré les supplications de ma mère, qui demeurait avec sa sœur et mes cousines sur le seuil de la maison.

« La neige s'était remise à tomber depuis une heure ; et les arbres en étaient chargés. Les sapins pliaient sous ce lourd vêtement livide, pareils à des pyramides blanches, à d'énormes pains de sucre ; et on apercevait à peine, à travers le rideau gris des flocons menus et pressés, les arbustes plus légers, tout pâles dans l'ombre. Elle tombait si épaisse, la neige, qu'on y voyait tout juste à dix pas. Mais la lanterne jetait une grande clarté devant nous. Quand on commença à descendre par l'escalier tournant creusé dans la muraille, j'eus peur, vraiment. Il me sembla qu'on marchait derrière moi ; qu'on allait me saisir par les épaules et m'emporter ; et j'eus envie de retourner ; mais comme il fallait retraverser tout le jardin, je n'osai pas.

« J'entendis qu'on ouvrait la porte sur la plaine ; puis mon oncle se remit à jurer : "Nom d'un nom, il est reparti ! Si j'aperçois seulement son ombre, je ne le rate pas, ce c…-là."

« C'était sinistre de voir la plaine, ou, plutôt, de la sentir devant soi, car on ne la voyait pas ; on ne voyait qu'un voile de neige sans fin, en haut, en bas, en face, à droite, à gauche, partout.

« Mon oncle reprit : “Tiens, revoilà le chien qui hurle ; je vais lui apprendre comment je tire, moi. Ça sera toujours ça de gagné.”

« Mais mon père, qui était bon, reprit : “Il vaut mieux l’aller chercher, ce pauvre animal qui crie la faim. Il aboie au secours, ce misérable ; il appelle comme un homme en détresse. Allons-y.”

« Et on se mit en route à travers ce rideau, à travers cette tombée épaisse, continue, à travers cette mousse qui emplissait la nuit et l’air, qui remuait, flottait, tombait et glaçait la chair en fondant, la glaçait comme elle l’aurait brûlée, par une douleur vive et rapide sur la peau, à chaque toucher des petits flocons blancs.

« Nous enfoncions jusqu’aux genoux dans cette pâte molle et froide ; et il fallait lever très haut la jambe pour marcher. À mesure que nous avancions, la voix du chien devenait plus claire, plus forte. Mon oncle cria : “Le voici !” On s’arrêta pour l’observer, comme on doit faire en face d’un ennemi qu’on rencontre dans la nuit.

« Je ne voyais rien, moi ; alors, je rejoignis les autres, et je l’aperçus ; il était effrayant et fantastique à voir, ce chien, un gros chien noir, un chien de berger à grands poils et à tête de loup, dressé sur ses quatre pattes, tout au bout de la longue traînée de lumière que faisait la lanterne sur la neige. Il ne bougeait pas ; il s’était tu ; et il nous regardait.

« Mon oncle dit : “C’est singulier, il n’avance ni ne recule. J’ai bien envie de lui flanquer un coup de fusil.”

« Mon père reprit d’une voix ferme : “Non, il faut le prendre.”

« Alors mon frère Jacques ajouta : “Mais il n’est pas seul. Il y a quelque chose à côté de lui.”

« Il y avait quelque chose derrière lui, en effet, quelque chose de gris, d’impossible à distinguer. On se remit en marche avec précaution.

« En nous voyant approcher, le chien s'assit sur son derrière. Il n'avait pas l'air méchant. Il semblait plutôt content d'avoir réussi à attirer des gens.

« Mon père alla droit à lui et le caressa. Le chien lui lécha les mains ; et on reconnut qu'il était attaché à la roue d'une petite voiture, d'une sorte de voiture joujou enveloppée tout entière dans trois ou quatre couvertures de laine. On enleva ces linges avec soin, et comme Baptiste approchait sa lanterne de la porte de cette carriole qui ressemblait à une niche roulante, on aperçut dedans un petit enfant qui dormait.

« Nous fûmes tellement stupéfaits que nous ne pouvions dire un mot. Mon père se remit le premier, et comme il était de grand cœur, et d'âme un peu exaltée, il étendit la main sur le toit de la voiture et il dit : "Pauvre abandonné, tu seras des nôtres !" Et il ordonna à mon frère Jacques de rouler devant nous notre trouvaille.

« Mon père reprit, pensant tout haut : "Quelque enfant d'amour dont la pauvre mère est venue sonner à ma porte en cette nuit de l'Épiphanie, en souvenir de l'Enfant-Dieu."

« Il s'arrêta de nouveau, et, de toute sa force, il cria quatre fois à travers la nuit vers les quatre coins du ciel : "Nous l'avons recueilli !" Puis, posant la main sur l'épaule de son frère, il murmura : "Si tu avais tiré sur le chien, François ?..."

« Mon oncle ne répondit pas, mais il fit, dans l'ombre, un grand signe de croix, car il était très religieux, malgré ses airs fanfarons.

« On avait détaché le chien, qui nous suivait.

« Ah ! par exemple, ce qui fut gentil à voir, c'est la rentrée à la maison. On eut d'abord beaucoup de mal à monter la voiture par l'escalier des remparts ; on y parvint cependant et on la roula jusque dans le vestibule.

« Comme maman était drôle, contente et effarée ! Et mes quatre petites cousines (la plus jeune avait six ans), elles ressemblaient à quatre poules autour d'un nid. On retira enfin de sa voiture l'enfant qui dormait toujours. C'était une fille, âgée de six semaines environ. Et on trouva dans ses langes dix mille francs en or, oui, dix mille francs ! que papa plaça pour lui faire une dot. Ce n'était donc pas une enfant de pauvres… mais peut-être l'enfant de quelque noble avec une petite bourgeoise de la ville… ou encore… nous avons fait mille suppositions et on n'a jamais rien su… mais là, jamais rien… jamais rien… Le chien lui-même ne fut reconnu par personne. Il était étranger au pays. Dans tous les cas, celui ou celle qui était venu sonner trois fois à notre porte connaissait bien mes parents, pour les avoir choisis ainsi.

« Voilà donc comment Mlle Perle entra, à l'âge de six semaines, dans la maison Chantal.

« On ne la nomma que plus tard, Mlle Perle, d'ailleurs. On la fit baptiser d'abord : "Marie, Simone, Claire", Claire devant lui servir de nom de famille.

« Je vous assure que ce fut une drôle de rentrée dans la salle à manger avec cette mioche réveillée qui regardait autour d'elle ces gens et ces lumières, de ses yeux vagues, bleus et troubles.

« On se remit à table et le gâteau fut partagé. J'étais roi ; et je pris pour reine Mlle Perle, comme vous, tout à l'heure. Elle ne se douta guère, ce jour-là, de l'honneur qu'on lui faisait.

« Donc l'enfant fut adoptée, et élevée dans la famille. Elle grandit ; des années passèrent. Elle était gentille, douce, obéissante. Tout le monde l'aimait et on l'aurait abominablement gâtée si ma mère ne l'eût empêché.

« Ma mère était une femme d'ordre et de hiérarchie. Elle consentait à traiter la petite Claire comme ses propres fils, mais elle tenait cependant à ce que la distance qui nous séparait fût bien marquée, et la situation bien établie.

« Aussi, dès que l'enfant put comprendre, elle lui fit connaître son histoire et fit pénétrer tout doucement, même tendrement dans l'esprit de la petite, qu'elle était pour les Chantal une fille adoptive, recueillie, mais en somme une étrangère.

« Claire comprit cette situation avec une singulière intelligence, avec un instinct surprenant ; et elle sut prendre et garder la place qui lui était laissée, avec tant de tact, de grâce et de gentillesse, qu'elle touchait mon père à le faire pleurer.

« Ma mère elle-même fut tellement émue par la reconnaissance passionnée et le dévouement un peu craintif de cette mignonne et tendre créature, qu'elle se mit à l'appeler : "Ma fille." Parfois quand la petite avait fait quelque chose de bon, de délicat, ma mère relevait ses lunettes sur son front, ce qui indiquait toujours une émotion chez elle et elle répétait : "Mais c'est une perle, une vraie perle, cette enfant !"– Ce nom en resta à la petite Claire qui devint et demeura pour nous Mlle Perle. »

IV

M. Chantal se tut. Il était assis sur le billard, les pieds ballants, et il maniait une boule de la main gauche, tandis que de la droite il tripotait un linge qui servait à effacer les points sur le tableau d'ardoise et que nous appelions le « linge à craie ». Un peu rouge, la voix sourde, il parlait pour lui maintenant, parti dans ses souvenirs, allant doucement, à travers les choses anciennes et les vieux événements qui se réveillaient dans sa pensée, comme on va, en se promenant, dans les vieux jardins de famille où l'on fut élevé, et où chaque arbre, chaque chemin, chaque plante, les houx pointus, les lauriers qui sentent bon, les ifs dont la graine rouge et grasse s'écrase entre les doigts, font surgir, à chaque pas, un petit fait de notre vie passée, un de ces petits faits insignifiants et délicieux qui forment le fond même, la trame de l'existence.

Moi, je restais en face de lui, adossé à la muraille, les mains appuyées sur ma queue de billard inutile.

Il reprit, au bout d'une minute : « Cristi[1], qu'elle était jolie à dix-huit ans… et gracieuse… et parfaite… Ah ! la jolie… jolie… jolie… et bonne… et brave… et charmante fille !… Elle avait des yeux… des yeux bleus… transparents… clairs… comme je n'en ai jamais vu de pareils… jamais ! »

Il se tut encore. Je demandai : « Pourquoi ne s'est-elle pas mariée ? »

Il répondit, non pas à moi, mais à ce mot qui passait « mariée ».

« Pourquoi ? pourquoi ? Elle n'a pas voulu… pas voulu. Elle avait pourtant trente mille francs de dot, et elle fut demandée plusieurs fois… elle n'a pas voulu ! Elle semblait triste à cette époque-là. C'est quand j'épousai ma cousine, la petite Charlotte, ma femme, avec qui j'étais fiancé depuis six ans. »

Je regardais M. Chantal et il me semblait que je pénétrais dans son esprit, que je pénétrais tout à coup dans un de ces humbles et cruels drames des cœurs honnêtes, des cœurs droits, des cœurs sans reproches, dans un de ces cœurs inavoués, inexplorés, que personne n'a connus, pas même ceux qui en sont les muettes et résignées victimes.

Et, une curiosité hardie me poussant tout à coup, je prononçai :

« C'est vous qui auriez dû l'épouser, monsieur Chantal ? »

Il tressaillit, me regarda, et dit :

« Moi ? épouser qui ?

– Mlle Perle.

– Pourquoi ça ?

– Parce que vous l'aimiez plus que votre cousine. »

Il me regarda avec des yeux étranges, ronds, effarés, puis il balbutia :

« Je l'ai aimée… moi ?… comment ? qu'est-ce qui t'a dit ça ?…

---

1. ***Cristi*** (abréviation de « Sacristi ») : juron familier qui renforce l'affirmation.

– Parbleu, ça se voit… et c'est même à cause d'elle que vous avez tardé si longtemps à épouser votre cousine qui vous attendait depuis six ans. »

Il lâcha la bille qu'il tenait de la main gauche, saisit à deux mains le linge à craie, et, s'en couvrant le visage, se mit à sangloter dedans. Il pleurait d'une façon désolante et ridicule, comme pleure une éponge qu'on presse, par les yeux, le nez et la bouche en même temps. Et il toussait, crachait, se mouchait dans le linge à craie, s'essuyait les yeux, éternuait, recommençait à couler par toutes les fentes de son visage, avec un bruit de gorge qui faisait penser aux gargarismes.

Moi, effaré, honteux, j'avais envie de me sauver et je ne savais plus que dire, que faire, que tenter.

Et soudain, la voix de Mme Chantal résonna dans l'escalier : « Est-ce bientôt fini, votre fumerie ? »

J'ouvris la porte et je criai : « Oui, madame, nous descendons. »

Puis, je me précipitai vers son mari, et, le saisissant par les coudes : « Monsieur Chantal, mon ami Chantal, écoutez-moi ; votre femme vous appelle, remettez-vous, remettez-vous vite, il faut descendre ; remettez-vous. »

Il bégaya : « Oui… oui… je viens… pauvre fille !… je viens… dites-lui que j'arrive. »

Et il commença à s'essuyer consciencieusement la figure avec le linge qui, depuis deux ou trois ans, essuyait toutes les marques de l'ardoise, puis il apparut, moitié blanc et moitié rouge, le front, le nez, les joues et le menton barbouillés de craie, et les yeux gonflés, encore pleins de larmes.

Je le pris par les mains et l'entraînai dans sa chambre en murmurant : « Je vous demande pardon, je vous demande bien pardon, monsieur Chantal, de vous avoir fait de la peine… mais… je ne savais pas… vous… vous comprenez… »

Il me serra la main : « Oui… oui… il y a des moments difficiles… »

Puis il se plongea la figure dans sa cuvette. Quand il en sortit, il ne me parut pas encore présentable ; mais j'eus l'idée d'une petite ruse. Comme il s'inquiétait, en se regardant dans la glace, je lui dis : « Il suffira de raconter que vous avez un grain de poussière dans l'œil, et vous pourrez pleurer devant tout le monde autant qu'il vous plaira. »

Il descendit en effet, en se frottant les yeux avec son mouchoir. On s'inquiéta ; chacun voulut chercher le grain de poussière qu'on ne trouva point, et on raconta des cas semblables où il était devenu nécessaire d'aller chercher le médecin.

Moi, j'avais rejoint Mlle Perle et je la regardais, tourmenté par une curiosité ardente, une curiosité qui devenait une souffrance. Elle avait dû être bien jolie en effet, avec ses yeux doux, si grands, si calmes, si larges qu'elle avait l'air de ne les jamais fermer, comme font les autres humains. Sa toilette était un peu ridicule, une vraie toilette de vieille fille, et la déparait sans la rendre gauche.

Il me semblait que je voyais en elle, comme j'avais vu tout à l'heure dans l'âme de M. Chantal, que j'apercevais, d'un bout à l'autre, cette vie humble, simple et dévouée ; mais un besoin me venait aux lèvres, un besoin harcelant de l'interroger, de savoir si, elle aussi, l'avait aimé, lui ; si elle avait souffert comme lui de cette longue souffrance secrète, aiguë, qu'on ne voit pas, qu'on ne sait pas, qu'on ne devine pas, mais qui s'échappe la nuit, dans la solitude de la chambre noire. Je la regardais, je voyais battre son cœur sous son corsage à guimpe[1], et je me demandais si cette douce figure candide avait gémi chaque soir, dans l'épaisseur moite de l'oreiller, et sangloté, le corps secoué de sursauts, dans la fièvre du lit brûlant.

Et je lui dis tout bas, comme font les enfants qui cassent un bijou pour voir dedans : « Si vous aviez vu pleurer M. Chantal tout à l'heure, il vous aurait fait pitié. »

---

1. ***Corsage à guimpe*** : corsage dont le devant monte jusqu'au cou.

Elle tressaillit : « Comment, il pleurait ?

– Oh ! oui, il pleurait !

– Et pourquoi ça ? »

Elle semblait très émue. Je répondis :

« À votre sujet.

– À mon sujet ?

– Oui. Il me racontait combien il vous avait aimée autrefois ; et combien il lui en avait coûté d'épouser sa femme au lieu de vous... »

Sa figure pâle me parut s'allonger un peu ; ses yeux toujours ouverts, ses yeux calmes se fermèrent tout à coup, si vite qu'ils semblaient s'être clos pour toujours. Elle glissa de sa chaise sur le plancher et s'y affaissa doucement, lentement, comme aurait fait une écharpe tombée.

Je criai : « Au secours ! au secours ! Mlle Perle se trouve mal. »

Mme Chantal et ses filles se précipitèrent, et comme on cherchait de l'eau, une serviette et du vinaigre, je pris mon chapeau et je me sauvai.

Je m'en allai à grands pas, le cœur secoué, l'esprit plein de remords et de regrets. Et parfois aussi j'étais content ; il me semblait que j'avais fait une chose louable et nécessaire.

Je me demandais : « Ai-je eu tort ? Ai-je eu raison ? » Ils avaient cela dans l'âme comme on garde du plomb dans une plaie fermée. Maintenant ne seront-ils pas plus heureux ? Il était trop tard pour que recommençât leur torture et assez tôt pour qu'ils s'en souvinssent avec attendrissement.

Et peut-être qu'un soir du prochain printemps, émus par un rayon de lune tombé sur l'herbe, à leurs pieds, à travers les branches, ils se prendront et se serreront la main en souvenir de toute cette souffrance étouffée et cruelle ; et peut-être aussi que cette courte étreinte fera passer dans leurs veines un peu de ce frisson qu'ils n'auront point connu, et leur jettera, à ces morts ressuscités en une seconde, la rapide et divine sensation de cette ivresse, de cette folie qui donne aux amoureux plus de bonheur en un tressaillement, que n'en peuvent cueillir, en toute leur vie, les autres hommes !

Cliché Flammarion.

■ *Mademoiselle Perle*, dessin de Granjouan, gravure de Lemoine.

Boitelle

Le père Boitelle (Antoine) avait dans tout le pays, la spécialité des besognes malpropres. Toutes les fois qu'on avait à faire nettoyer une fosse, un fumier, un puisard[1], à curer un égout, un trou de fange quelconque c'était lui qu'on allait chercher.

Il s'en venait avec ses instruments de vidangeur et ses sabots enduits de crasse, et se mettait à sa besogne en geignant sans cesse sur son métier. Quand on lui demandait alors pourquoi il faisait cet ouvrage répugnant, il répondait avec résignation :

« Pardi, c'est pour mes éfants qu'il faut nourrir. Ça rapporte plus qu'autre chose. »

Il avait, en effet, quatorze enfants. Si on s'informait de ce qu'ils étaient devenus, il disait avec un air d'indifférence :

« N'en reste huit à la maison. Y en a un au service et cinq mariés. »

Quand on voulait savoir s'ils étaient bien mariés, il reprenait avec vivacité :

« Je les ai pas opposés[2]. Je les ai opposés en rien. Ils ont marié comme ils ont voulu. Faut pas opposer les goûts, ça tourne mal. Si je suis ordureux, mé, c'est que mes parents m'ont opposé dans mes goûts. Sans ça, j'aurais devenu un ouvrier comme les autres. »

---

1. ***Puisard*** : sorte de puits où s'écoulent les eaux sales.
2. ***Je les ai pas opposés*** : je ne me suis pas opposé à leur choix.

LA PEINTURE RÉALISTE

Les courants du réalisme et du naturalisme apparaissent dans les arts plastiques respectivement au milieu et à la fin du XIXe siècle ; ils se poursuivent jusqu'au début du XXe siècle. Les artistes qui s'en réclament veulent reproduire le plus fidèlement possible ce qui se trouve sous leurs yeux, qu'il s'agisse de paysages ou de scènes de la vie quotidienne. Pour certains peintres, c'est l'occasion de dénoncer la misère et de mettre en avant les oubliés de la société.

Gustave Caillebotte, *Les Raboteurs de parquet*, 1875, Paris, musée d'Orsay.
Des ouvriers rabotent un parquet, c'est-à-dire qu'ils en raclent la couche supérieure pour le rénover.

Léon Lhermitte, *La Paye des moissonneurs*, 1882, Paris, musée d'Orsay.
Des paysans reçoivent leur paye pour le travail accompli dans les champs.

Photo © RMN-Grand Palais (musée d'Orsay) / Jean Schormans

Jean-François Millet, *Des glaneuses*, 1857, Paris, musée d'Orsay.
Les glaneuses étaient des femmes pauvres que l'on autorisait à venir ramasser à la fin de la journée les épis oubliés dans les champs après la moisson.

Photo © RMN-Grand Palais (musée d'Orsay) / Michel Urtado

Jules Breton, *Le Rappel des glaneuses*, 1859, Paris, musée d'Orsay.
Des glaneuses quittent les champs au coucher du soleil et prennent avec elles ce qu'elles ont récolté.

Fernand Pelez, *Sans asile*, 1883, Paris, musée des Beaux-Arts de la ville de Paris (Petit Palais).
Une mère et ses cinq enfants vivent dans la rue et doivent faire la manche pour survivre.

Vincent Van Gogh, *Les Mangeurs de pommes de terre*, 1885, Amsterdam (Pays-Bas), Van Gogh Museum.
Des paysans se partagent un repas sobre dans une maison peu éclairée.

■ Illustration de Steinlein parue dans *Gil Blas*, 2 avril 1893 : *Boitelle*.

Voici en quoi ses parents l'avaient contrarié dans ses goûts.

Il était alors soldat, faisant son temps au Havre, pas plus bête qu'un autre, pas plus dégourdi non plus, un peu simple pourtant. Pendant les heures de liberté, son plus grand plaisir était de se promener sur le quai, où sont réunis les marchands d'oiseaux. Tantôt seul, tantôt avec un pays [1], il s'en allait lentement le long des cages où les perroquets à dos vert et à tête jaune des Amazones [2], les perroquets à dos gris et à tête rouge du Sénégal, les aras énormes qui ont l'air d'oiseaux cultivés en serre, avec leurs plumes fleuries, leurs panaches et leurs aigrettes, les perruches de toute taille, qui semblent coloriées avec un soin minutieux par un bon Dieu miniaturiste [3], et les petits, tout petits oisillons sautillants, rouges, jaunes, bleus et bariolés, mêlant leurs cris au bruit du quai, apportent dans le fracas des navires déchargés, des passants et des voitures, une rumeur violente, aiguë, piaillarde, assourdissante, de forêt lointaine et surnaturelle.

Boitelle s'arrêtait, les yeux ouverts, la bouche ouverte, riant et ravi, montrant ses dents aux kakatoès [4] prisonniers qui saluaient de leur huppe blanche ou jaune le rouge éclatant de sa culotte et le cuivre de son ceinturon. Quand il rencontrait un oiseau parleur, il lui posait des questions ; et si la bête se trouvait ce jour-là disposée à répondre et dialoguait avec lui, il emportait pour jusqu'au soir de la gaieté et du contentement. À regarder les singes aussi il se faisait des bosses de plaisir, et il n'imaginait point de plus grand luxe pour un homme riche que de posséder ces ani-

1. ***Un pays*** : un garçon du même village, de la même région que lui (expression régionale).

2. ***Des Amazones*** : d'Amazonie, en Amérique du Sud.

3. ***Miniaturiste*** : peintre spécialisé dans l'exécution délicate de toutes petites peintures.

4. ***Kakatoès*** : perroquets blancs (orthographe actuelle : cacatoès).

maux ainsi qu'on a des chats et des chiens. Ce goût-là, ce goût de l'exotique, il l'avait dans le sang comme on a celui de la chasse, de la médecine ou de la prêtrise. Il ne pouvait s'empêcher, chaque fois que s'ouvraient les portes de la caserne, de s'en revenir au quai comme s'il s'était senti tiré par une envie.

Or une fois, s'étant arrêté presque en extase devant un araraca[1] monstrueux qui gonflait ses plumes, s'inclinait, se redressait, semblait faire les révérences de cour du pays des perroquets, il vit s'ouvrir la porte d'un petit café attenant à la boutique du marchand d'oiseaux, et une jeune négresse[2], coiffée d'un foulard rouge, apparut, qui balayait vers la rue les bouchons et le sable de l'établissement.

L'attention de Boitelle fut aussitôt partagée entre l'animal et la femme, et il n'aurait su dire vraiment lequel de ces deux êtres il contemplait avec le plus d'étonnement et de plaisir.

La négresse, ayant poussé dehors les ordures du cabaret, leva les yeux, et demeura à son tour éblouie devant l'uniforme du soldat. Elle restait debout, en face de lui, son balai dans les mains comme si elle lui eût porté les armes[3] tandis que l'araraca continuait à s'incliner. Or le troupier au bout de quelques instants fut gêné par cette attention, et il s'en alla à petits pas, pour n'avoir point l'air de battre en retraite.

Mais il revint. Presque chaque jour il passa devant le café des Colonies, et souvent il aperçut à travers les vitres la petite bonne à peau noire qui servait des bocks ou de l'eau-de-vie aux matelots du port. Souvent aussi elle sortait en l'apercevant ; bientôt, même, sans s'être jamais parlé, ils se sourirent comme des connaissances ; et Boitelle se sentait le cœur remué, en voyant luire tout à coup, entre les lèvres sombres de la fille, la ligne éclatante de ses dents. Un jour enfin il entra, et fut tout surpris en constatant

---

1. ***Araraca*** : nom exact de l'ara, grand perroquet d'Amérique du Sud.
2. ***Négresse*** : le mot n'est pas du tout péjoratif sous la plume de Maupassant.
3. ***Porté les armes*** : présenté les armes, c'est-à-dire : rendu les honneurs en se mettant au garde-à-vous et en tenant son fusil à hauteur de poitrine.

qu'elle parlait français comme tout le monde. La bouteille de limonade, dont elle accepta de boire un verre, demeura, dans le souvenir du troupier, mémorablement délicieuse ; et il prit l'habitude de venir absorber, en ce petit cabaret du port, toutes les douceurs liquides que lui permettait sa bourse.

C'était pour lui une fête, un bonheur auquel il pensait sans cesse, de regarder la main noire de la petite bonne verser quelque chose dans son verre, tandis que les dents riaient, plus claires que les yeux. Au bout de deux mois de fréquentation, ils devinrent tout à fait bons amis, et Boitelle, après le premier étonnement de voir que les idées de cette négresse étaient pareilles aux bonnes idées des filles du pays, qu'elle respectait l'économie, le travail, la religion et la conduite, l'en aima davantage, s'éprit d'elle au point de vouloir l'épouser.

Il lui dit ce projet qui la fit danser de joie. Elle avait d'ailleurs quelque argent, laissé par une marchande d'huîtres, qui l'avait recueillie quand elle fut déposée sur le quai du Havre par un capitaine américain. Ce capitaine l'avait trouvée âgée d'environ six ans, blottie sur des balles de coton dans la cale de son navire, quelques heures après son départ de New York. Venant au Havre, il y abandonna aux soins de cette écaillère apitoyée ce petit animal noir caché à son bord, il ne savait par qui ni comment. La vendeuse d'huîtres étant morte, la jeune négresse devint bonne au café des Colonies.

Antoine Boitelle ajouta :

« Ça se fera si les parents n'y opposent point. J'irai jamais contre eux, t'entends ben, jamais ! Je vas leur en toucher deux mots à la première fois que je retourne au pays. »

La semaine suivante en effet, ayant obtenu vingt-quatre heures de permission, il se rendit dans sa famille qui cultivait une petite ferme à Tourteville, près d'Yvetot [1].

---

1. ***Yvetot*** : ville de Normandie ; Tourteville est un village inventé.

Il attendit la fin du repas, l'heure où le café baptisé d'eau-de-vie rendait les cœurs plus ouverts, pour informer ses ascendants [1] qu'il avait trouvé une fille répondant si bien à ses goûts, à tous ses goûts, qu'il ne devait pas en exister une autre sur la terre pour lui convenir aussi parfaitement.

Les vieux, à ce propos, devinrent aussitôt circonspects, et demandèrent des explications. Il ne cacha rien d'ailleurs que la couleur de son teint.

C'était une bonne, sans grand avoir [2], mais vaillante, économe, propre, de conduite [3], et de bon conseil. Toutes ces choses-là valaient mieux que de l'argent aux mains d'une mauvaise ménagère. Elle avait quelques sous d'ailleurs, laissés par une femme qui l'avait élevée, quelques gros sous, presque une petite dot, quinze cents francs à la caisse d'épargne. Les vieux, conquis par ses discours, confiants d'ailleurs dans son jugement, cédaient peu à peu, quand il arriva au point délicat. Riant d'un rire un peu contraint :

« Il n'y a qu'une chose, dit-il, qui pourra vous contrarier. Elle n'est brin blanche. »

Ils ne comprenaient pas et il dut expliquer longuement avec beaucoup de précautions, pour ne les point rebuter, qu'elle appartenait à la race sombre dont ils n'avaient vu d'échantillons que sur les images d'Épinal [4].

Alors ils furent inquiets, perplexes, craintifs, comme s'il leur avait proposé une union avec le Diable.

La mère disait : « Noire ? Combien qu'elle l'est ? C'est-il partout ? »

Il répondait : « Pour sûr : Partout, comme t'es blanche partout, té ! »

1. ***Ascendants*** : parents, père et mère.
2. ***Sans grand avoir*** : qui ne possédait pas grand-chose.
3. ***De conduite*** : de bonne conduite, sérieuse.
4. ***Images d'Épinal*** : images populaires en couleurs.

Le père reprenait : « Noire ? C'est-il noir autant que le chaudron ? »

Le fils répondait : « Pt'être ben un p'tieu moins ! C'est noire, mais point noire à dégoûter. La robe à m'sieu l'curé est ben noire, et alle n'est pas plus laide qu'un surplis qu'est blanc. »

Le père disait : « Y en a-t-il de pu noires qu'elle dans son pays ? »

Et le fils, convaincu, s'écriait :

« Pour sûr ! »

Mais le bonhomme remuait la tête.

« Ça doit être déplaisant ? »

Et le fils :

« C'est point pu déplaisant qu'aut'chose, vu qu'on s'y fait en rin de temps. »

La mère demandait :

« Ça ne salit point le linge plus que d'autres, ces piaux-là ?

– Pas plus que la tienne, vu que c'est sa couleur. »

Donc, après beaucoup de questions encore, il fut convenu que les parents verraient cette fille avant de rien décider et que le garçon, dont le service allait finir l'autre mois, l'amènerait à la maison afin qu'on pût l'examiner et décider en causant si elle n'était pas trop foncée pour entrer dans la famille Boitelle.

Antoine alors annonça que le dimanche 22 mai, jour de sa libération, il partirait pour Tourteville avec sa bonne amie.

Elle avait mis pour ce voyage chez les parents de son amoureux ses vêtements les plus beaux et les plus voyants, où dominaient le jaune, le rouge et le bleu, de sorte qu'elle avait l'air pavoisée pour une fête nationale.

Dans la gare, au départ du Havre, on la regarda beaucoup, et Boitelle était fier de donner le bras à une personne qui commandait ainsi l'attention. Puis, dans le wagon de troisième classe[1] où

1. ***Troisième classe*** : la classe populaire (il y avait alors trois classes dans les trains).

elle prit place à côté de lui, elle imposa une telle surprise aux paysans que ceux des compartiments voisins montèrent sur leurs banquettes pour l'examiner par-dessus la cloison de bois qui divisait la caisse roulante. Un enfant, à son aspect, se mit à crier de peur, un autre cacha sa figure dans le tablier de sa mère.

Tout alla bien cependant jusqu'à la gare d'arrivée. Mais lorsque le train ralentit sa marche en approchant d'Yvetot, Antoine se sentit mal à l'aise, comme au moment d'une inspection quand il ne savait pas sa théorie. Puis, s'étant penché à la portière, il reconnut de loin son père qui tenait la bride du cheval attelé à la carriole, et sa mère venue jusqu'au treillage [1] qui maintenait les curieux.

Il descendit le premier, tendit la main à sa bonne amie, et, droit, comme s'il escortait un général, il se dirigea vers sa famille.

La mère, en voyant venir cette dame noire et bariolée en compagnie de son garçon, demeurait tellement stupéfaite qu'elle n'en pouvait ouvrir la bouche, et le père avait peine à maintenir le cheval que faisait cabrer coup sur coup la locomotive ou la négresse. Mais Antoine, saisi soudain par la joie sans mélange de revoir ses vieux, se précipita, les bras ouverts, bécota la mère, bécota le père malgré l'effroi du bidet, puis se tournant vers sa compagne que les passants ébaubis [2] considéraient en s'arrêtant, il s'expliqua.

« La v'là ! J'vous avais ben dit qu'à première vue alle est un brin détournante [3], mais sitôt qu'òn la connaît, vrai de vrai, y a rien de plus plaisant sur la terre. Dites-y bonjour qu'a ne s'émeuve point. »

Alors la mère Boitelle, intimidée elle-même à perdre la raison, fit une espèce de révérence, tandis que le père ôtait sa casquette en murmurant : « J'vous la souhaite à vot' désir. » Puis sans s'at-

1. ***Treillage*** : barrière.
2. ***Ébaubis*** : ébahis (adjectif familier).
3. ***Détournante*** : déroutante.

tarder on grimpa dans la carriole, les deux femmes au fond sur des chaises qui les faisaient sauter en l'air à chaque cahot de la route, et les deux hommes par-devant, sur la banquette.

Personne ne parlait. Antoine inquiet sifflotait un air de caserne, le père fouettait le bidet, et la mère regardait de coin, en glissant des coups d'œil de fouine, la négresse dont le front et les pommettes reluisaient sous le soleil comme des chaussures bien cirées.

Voulant rompre la glace, Antoine se retourna.

« Eh bien, dit-il, on ne cause pas ?

– Faut le temps », répondit la vieille.

Il reprit :

« Allons, raconte à la p'tite l'histoire des huit œufs de ta poule. »

C'était une farce célèbre dans la famille. Mais comme sa mère se taisait toujours, paralysée par l'émotion, il prit lui-même la parole et narra, en riant beaucoup, cette mémorable aventure. Le père, qui la savait par cœur, se dérida aux premiers mots ; sa femme bientôt suivit l'exemple, et la négresse elle-même, au passage le plus drôle, partit tout à coup d'un tel rire, d'un rire si bruyant, roulant, torrentiel, que le cheval excité fit un petit temps de galop.

La connaissance était faite. On causa.

À peine arrivés, quand tout le monde fut descendu, après qu'il eut conduit sa bonne amie dans la chambre pour ôter sa robe qu'elle aurait pu tacher en faisant un bon plat de sa façon destiné à prendre les vieux par le ventre[1], il attira ses parents devant la porte, et demanda, le cœur battant :

« Eh ben, quéque vous dites ? »

Le père se tut. La mère plus hardie déclara :

1. ***Prendre les vieux par le ventre*** : faire la conquête des parents en leur faisant de la bonne cuisine.

« Alle est trop noire ! Non, vrai, c'est trop. J'en ai eu les sangs tournés.

– Vous vous y ferez, dit Antoine.

– Possible, mais pas pour le moment. » Ils entrèrent et la bonne femme fut émue en voyant la négresse cuisiner. Alors elle l'aida, la jupe retroussée, active malgré son âge.

Le repas fut bon, fut long, fut gai. Quand on fit un tour ensuite, Antoine prit son père à part.

« Eh ben, pé, quéque t'en dis ? »

Le paysan ne se compromettait jamais.

« J'ai point d'avis. D'mande à ta mé. »

Alors Antoine rejoignit sa mère et la retenant en arrière :

« Eh ben, ma mé, quéque t'en dis ?

– Mon pauv'e gars, vrai, alle est trop noire. Seulement un p'tieu moins je ne m'opposerais pas, mais c'est trop. On dirait Satan ! »

Il n'insista point, sachant que la vieille s'obstinait toujours, mais il sentait en son cœur entrer un orage de chagrin. Il cherchait ce qu'il fallait faire, ce qu'il pourrait inventer, surpris d'ailleurs qu'elle ne les eût pas conquis déjà comme elle l'avait séduit lui-même. Et ils s'en allaient tous les quatre à pas lents à travers les blés, redevenus peu à peu silencieux. Quand on longeait une clôture, les fermiers apparaissaient à la barrière, les gamins grimpaient sur les talus, tout le monde se précipitait au chemin pour voir passer la « noire » que le fils Boitelle avait ramenée. On apercevait au loin des gens qui couraient à travers les champs comme on accourt quand bat le tambour des annonces de phénomènes vivants. Le père et la mère Boitelle effarés de cette curiosité semée par la campagne à leur approche, hâtaient le pas, côte à côte, précédant de loin leur fils à qui sa compagne demandait ce que les parents pensaient d'elle.

Il répondit en hésitant qu'ils n'étaient pas encore décidés.

Mais sur la place du village ce fut une sortie en masse de toutes les maisons en émoi, et devant l'attroupement grossissant, les vieux Boitelle prirent la fuite et regagnèrent leur logis, tandis qu'Antoine soulevé de colère, sa bonne amie au bras, s'avançait avec majesté sous les yeux élargis par l'ébahissement.

Il comprenait que c'était fini, qu'il n'y avait plus d'espoir, qu'il n'épouserait pas sa négresse ; elle aussi le comprenait ; et ils se mirent à pleurer tous les deux en approchant de la ferme. Dès qu'ils y furent revenus, elle ôta de nouveau sa robe pour aider la mère à faire sa besogne ; elle la suivit partout, à la laiterie, à l'étable, au poulailler, prenant la plus grosse part, répétant sans cesse : « Laissez-moi faire, madame Boitelle », si bien que le soir venu, la vieille, touchée et inexorable[1], dit à son fils :

« C'est une brave fille tout de même. C'est dommage qu'elle soit si noire, mais vrai, alle l'est trop. J'pourrais pas m'y faire, faut qu'alle r'tourne, alle est trop noire. »

Et le fils Boitelle dit à sa bonne amie :

« Alle n'veut point, alle te trouve trop noire. Faut r'tourner. Je t'aconduirai jusqu'au chemin de fer. N'importe, t'éluge point[2]. J'vas leur y parler quand tu seras partie. »

Il la conduisit donc à la gare en lui donnant encore bon espoir et après l'avoir embrassée, la fit monter dans le convoi qu'il regarda s'éloigner avec des yeux bouffis par les pleurs.

Il eut beau implorer les vieux, ils ne consentirent jamais.

Et quand il avait conté cette histoire que tout le pays connaissait, Antoine Boitelle ajoutait toujours :

« À partir de ça, j'ai eu de cœur à rien, à rien. Aucun métier ne m'allait pu, et j'sieus devenu ce que j'sieus, un ordureux. »

On lui disait :

« Vous vous êtes marié pourtant.

– Oui, et j'peux pas dire que ma femme m'a déplu pisque j'y ai fait quatorze éfants, mais c'n'est point l'autre, oh non, pour sûr, oh non ! L'autre, voyez-vous, ma négresse, elle n'avait qu'à me regarder, je me sentais comme transporté... »

---

1. ***Inexorable*** : inflexible, que rien ne peut faire changer d'avis.
2. ***T'éluge point*** : ne t'inquiète pas (dans le parler normand).

Cliché Flammarion.

■ Illustration pour *Pierre et Jean*, éd. Ollendorff, 1903. Dessins de Géo Dupuis. Gravure sur bois de G. Lemoine.

DOSSIER

Bonjour, M. Maupassant !

Faites le portrait de l'auteur d'après les nouvelles que vous venez de lire.

1. Selon vous, Maupassant était un homme (plusieurs réponses possibles) :

a. plutôt froid.

b. plutôt sensible.

c. plutôt solitaire.

d. plutôt sociable.

e. plutôt gai.

f. plutôt taciturne.

2. Entourez les bonnes réponses :

Maupassant aimait la nature – un peu – beaucoup – passionnément – pas du tout.

La terre – l'eau – l'air – le feu – était l'élément qui à la fois fascinait et effrayait le plus Maupassant.

La vue – le toucher – l'odorat – était le sens le plus aigu chez Maupassant.

Les trois aspects de la méchanceté humaine qui révoltent le plus Maupassant dans ces nouvelles sont – l'injustice – la cruauté – la lâcheté – la bêtise – le mensonge – l'égoïsme – l'intolérance.

3. Maupassant porte sur les êtres humains un regard (plusieurs réponses possibles) :

a. plutôt optimiste.

b. plutôt pessimiste.

c. naïf.

d. sans complaisance.

e. indulgent.

4. Dans ces nouvelles, Maupassant a souhaité donner :

a. une vision déformée, surhumaine, poétique, attendrissante, charmante ou superbe de la vie.

b. « une image exacte de la vie ».

5. Selon vous, dans ces nouvelles, Maupassant a voulu (plusieurs réponses possibles) :

a. divertir, amuser ses lecteurs.

b. faire ressentir à ses lecteurs « l'émotion de la simple réalité ».

c. « forcer le lecteur à penser, à comprendre le sens profond et caché des événements ».

6. Dans votre bibliothèque, vous rangerez donc ce recueil de nouvelles à côté des œuvres :

a. de la comtesse de Ségur (1799-1874), autrice de romans pour enfants à visée moralisatrice, comme *Les Malheurs de Sophie* (1858).

b. de Gustave Flaubert (1821-1880), auteur de romans réalistes, qui dénonce les défauts moraux de ses personnages, comme dans *Madame Bovary* (1857).

c. de Georges Simenon (1903-1989), auteur de romans policiers. Son héros, le commissaire Maigret, mène des enquêtes qui le conduisent dans des milieux sociaux variés et qu'il résout en étudiant la psychologie des suspects.

Avez-vous bien lu ?

Après avoir lu toutes les nouvelles, répondez aux questions en indiquant les lignes et la page qui justifient votre réponse.

1. a. Dans la nouvelle *Le Papa de Simon*, pourquoi les enfants sont-ils méchants avec Simon ?

b. À qui Simon demande-t-il d'être son papa ?

2. a. Quel grand drame survient dans la nouvelle *En voyage* ?

b. Quel objet le grand frère remet-il à son petit frère ?

3. a. Quel est le nom des deux familles paysannes dans la nouvelle *Aux champs* ?

b. Que demande Madame d'Hubières à son mari ?

c. Comment réagissent les parents en retrouvant leur fils après tant d'années ?

4. a. Quel aveu la petite sœur fait-elle à sa grande sœur dans la nouvelle *La Confession* ?

b. Comment réagit la grande sœur lorsqu'elle apprend ce qu'a fait sa petite sœur ?

5. a. Où François Tessier rencontre-t-il Louise dans *Le Père* ?

b. Quelle réaction François a-t-il lorsqu'il apprend que Louise est enceinte ?

6. Comment le prêtre réagit-il en voyant l'enfant qu'il doit baptiser dans *Le Baptême* ?

7. a. Dans la nouvelle *Coco*, qui est Coco ?

b. Pourquoi Isidore Duval doit-il s'occuper de Coco ?

c. Pourquoi maltraite-t-il autant l'animal ?

8. a. Dans la nouvelle *Mademoiselle Perle*, quelle fête les Chantal célèbrent-ils ?

b. Où a été trouvée Mademoiselle Perle ?

c. Pourquoi lui a-t-on donné ce nom ?

9. a. Dans la nouvelle *Boitelle*, où Antoine Boitelle rencontre-t-il son amie ?

b. Quel aspect de la nouvelle amie dérange les parents Boitelle ?

Qui aime qui ?

1. Recréez les couples d'amoureux en reliant leurs noms par une flèche :

	• la Blanchotte
Henry de Sampierre •	• Marguerite de Thérelles
M. Chantal •	• Suzanne de Thérelles
Antoine Boitelle •	• Louise
Philippe Remy •	• Marie Simone Claire, dite « Mlle Perle »
François Tessier •	• la serveuse du café des Colonies.

2. Mais les amoureux n'ont pas tous eu le bonheur de vivre ensemble...

M. Chantal n'a pas épousé Mlle Perle :

a. parce qu'il était trop pauvre.

b. parce qu'il pensait que sa mère s'opposerait à son mariage avec une enfant trouvée.

c. parce qu'il n'a pas osé lui dire qu'il l'aimait.

Antoine Boitelle n'a pas épousé la serveuse du café des Colonies :

a. parce qu'il n'a pas osé se marier contre la volonté de ses parents.

b. parce qu'il avait peur que tout le monde se moque de lui.

c. parce qu'elle refusait de vivre à la ferme.

François Tessier n'a pas épousé Louise :

a. parce qu'après trois mois de vie commune il a commencé à se lasser d'elle.

b. parce qu'elle est tombée enceinte et qu'il a eu peur des responsabilités de père.

c. parce qu'il a dû déménager à cause de son travail.

3. Selon vous, Maupassant a de l'amour une vision (plusieurs réponses possibles) :

a. plutôt optimiste.

b. plutôt pessimiste.

c. plutôt tendre.

d. plutôt cruelle.

Raconter la misère, la peine, la douleur

Retrouvez de quelles nouvelles sont extraites les phrases suivantes.

1. L'abbé, à genoux près du berceau, sanglotait, le front sur l'oreiller où reposait la tête de l'enfant.

2. Éperdu, sans rien attendre, sans réfléchir aux moyens, le précepteur sauta dans le gouffre, et ne reparut pas, s'étant heurté le crâne au fond.

3. Il la conduisit donc à la gare en lui donnant encore bon espoir et après l'avoir embrassée, la fit monter dans le convoi qu'il regarda s'éloigner avec des yeux bouffis par les pleurs.

4. Oui. Il me racontait combien il vous avait aimée autrefois ; et combien il lui en avait coûté d'épouser sa femme au lieu de vous...

5. Elle pensait à lui qu'elle aurait pu aimer si longtemps ! Quelle bonne vie ils auraient eue ! Elle le revoyait, dans l'autrefois disparu, dans le vieux passé à jamais éteint.

6. Resté seul, le petit enfant sans père se mit à courir vers les champs, car un souvenir lui était venu qui avait amené dans son esprit une grande résolution. Il voulait se noyer dans la rivière.

7. Le coup fut si rude qu'elle ne chercha pas celui qui l'avait ainsi abandonnée. Elle se jeta aux genoux de sa mère en lui confessant son malheur ; et, quelques mois plus tard, elle accoucha d'un garçon.

8. Leur fils aîné partit au service. Le second mourut ; Charlot resta seul à peiner avec le vieux père pour nourrir la mère et deux autres sœurs cadettes qu'il avait.

9. Il alla le voir le lendemain. Des corbeaux s'envolèrent à son approche. Des mouches innombrables se promenaient sur le cadavre et bourdonnaient à l'entour.

Microlectures

MICROLECTURE N° 1 : la cruauté des enfants, dans *Le Papa de Simon*

Relisez l'extrait qui va de « Comment t'appelles-tu, toi ? » (l. 31, p. 22) à « celui qui était hors la loi » (l. 69-70, p. 23), puis répondez aux questions suivantes.

Simon le monstre (l. 31-50)

1. Comment Maupassant met-il en avant l'agressivité des enfants à l'égard de Simon ?

2. Quels sont les termes qui permettent de décrire Simon, lorsque les enfants apprennent que ce dernier n'a pas de papa ?

3. Quelle est la réaction de Simon lorsqu'il reçoit ces attaques ?

La riposte ratée (l. 50-70)

4. Combien de réponses Simon donne-t-il pour se justifier ?

5. Pourquoi ses réponses ne sont-elles pas suffisantes ?

6. Que dénonce Maupassant, de façon ironique, lorsque les enfants admirent celui qui a un papa qui est mort ?

Prolongement : Mettez en voix l'extrait proposé en faisant bien attention à l'intonation lors des dialogues.

MICROLECTURE N° 2 : la peur de l'engagement en amour, dans *Le Père*

Relisez la nouvelle (p. 54-64), puis répondez aux questions suivantes.

La rupture du couple (l. 1-198)

1. Quels sont les sentiments qu'éprouve François Tissier lorsqu'il voit Louise pour la première fois ?

2. Quelles sont les étapes qui mènent les deux personnages à se parler ?

3. Faites un tableau en mettant d'un côté le comportement de François, de l'autre celui de Louise lors de la promenade.

4. Lors de cette promenade, quels sont les éléments qui dévoilent déjà la rupture prochaine du couple ?

5. Pour quelles raisons François choisit-il de quitter Louise ?

La rupture avec l'enfant (l. 199-327)

1. Quelle description Maupassant fait-il de François ? Comparez cette description avec celle du début de la nouvelle.

2. Où et comment François revoit-il Louise ? Qu'est-ce qui le surprend en particulier ? Comment réagit-il ?

3. À la suite de cette rencontre, que choisit-il de faire ? Comment s'y prend-il ?

4. Quelles réactions a-t-il lorsqu'il voit son enfant ? Pourquoi agit-il ainsi ? Comparez la dernière réaction avec le moment où il quitte Louise.

À vos plumes !

1. Imaginez et rédigez le discours qu'aurait pu prononcer François devant son fils.
2. Écrivez la lettre que François aurait pu envoyer à Louise et dans laquelle il explique son comportement.
3. Écrivez la suite de la nouvelle en faisant bien attention au style de l'auteur, au temps du récit, etc.

MICROLECTURE N° 3 : la peur de la différence, dans *Boitelle*

Relisez le texte de « Eh ben, quéque vous dites ? » (l. 225, p. 104) à « sous les yeux élargis par l'ébahissement » (262, p. 106), puis répondez aux questions suivantes.

L'avis des parents (l. 225-247)

1. Qui de la mère ou du père prend la parole en premier ? Pourquoi ?

2. Quel est le problème rencontré par Antoine Boitelle ? Quels sont les mots que sa mère répète pour le lui dire ?

3. Quels passages montrent la détermination d'Antoine pour faire accepter son amante au sein de la famille ?

4. À quelle figure la mère compare-t-elle enfin la femme amenée par son fils ? Pourquoi une telle comparaison ?

La curiosité des villageois (l. 247-262)

5. Grâce à quel procédé stylistique Maupassant insiste-t-il sur le nombre des personnes venues voir son amante ?

6. Quelle est la réaction des parents d'Antoine face à la curiosité des gens du village ?

7. Quelle est, au contraire, celle d'Antoine ?

Pour mettre en perspective

Dans cette nouvelle, Maupassant dénonce la bêtise des préjugés et la manière dont ceux-ci peuvent entraver le bonheur des gens. Néanmoins, parce qu'il a été écrit au XIXe siècle, son texte lui-même contient des expressions marquées par le racisme.

1. Repérez au moins une phrase du narrateur qui vous paraît raciste et expliquez pourquoi.

2. Que pensez-vous du fait que l'amante d'Antoine Boitelle n'ait pas de nom ?

À vos plumes !

1. Racontez la visite aux parents d'Antoine Boitelle du point de vue de la jeune femme.
2. Imaginez le discours que tient Antoine Boitelle à son amie pour la rassurer avant qu'elle ne reparte au Havre.
3. Décrivez le voyage en bateau accompli par l'amante d'Antoire Boitelle quand elle était enfant et son arrivée au Havre.
4. Écrivez la suite de la nouvelle en faisant bien attention au style de l'auteur, au temps du récit, etc.

Parcours de lecture

PARCOURS N° 1 : jeu de piste macabre, dans *En voyage*

Dans la nouvelle *En voyage*, Maupassant nous emmène dans une région qui semble d'abord paradisiaque. Mais, petit à petit, le malaise s'installe... Un drame s'est déroulé ici.

1. Plantez le décor.

Où se passe l'histoire ?

Dans quel paysage ?

En quelle saison ?

Les orangers en fleur embaument comme une............... et comme un............... . Le parfum des orangers a un effet puissant sur le narrateur, qui est d'abord............... , puis............... .

C'est la saison :

a. des pensées.
b. des passions.
c. des amours.

Le narrateur est parti en voyage dans le Midi :

a. pour rejoindre l'amie à laquelle il écrit.

b. pour jouer dans les casinos de Monaco.

c. simplement pour le plaisir des sens.

2. Que s'est-il réellement passé ? Au cours de la promenade, le narrateur remarque des réservoirs, qui servent à (plusieurs réponses possibles) :

a. l'arrosage des plantes.

b. désaltérer le bétail.

c. retenir l'eau des orages.

d. la baignade.

e. la lutte contre les incendies.

Ces réservoirs inquiètent le narrateur (plusieurs réponses possibles) :

a. parce que l'eau y est noire.

b. parce que d'étranges créatures y nagent.

c. parce que leurs parois sont lisses.

d. parce qu'ils sont profonds.

Le narrateur rencontre un vieux monsieur :

a. qui fait la chasse aux papillons.

b. qui fait de la course à pied.

c. qui ramasse des plantes.

Ce vieux monsieur lui raconte :

a. qu'un garçonnet s'est noyé dans la citerne en voulant repêcher la montre de son frère.

b. que deux frères qui se disputaient pour une montre sont tombés dans la citerne et se sont noyés.

c. qu'un garçonnet est tombé dans la citerne et que le jeune homme qui gardait les deux enfants s'est noyé en essayant de le sauver.

3. Consterné par ce récit, le narrateur reprend cependant son ascension de la montagne. Il traverse alors successivement différents paysages. Remettez dans l'ordre les étapes de son ascension :

a. région des pins.

b. ruines du château sarrazin.

c. vallée de pierres.
d. région des orangers.

4. Le paysage devient de plus en plus (plusieurs réponses possibles) :
   a. luxuriant, couvert d'une végétation abondante.
   b. minéral.
   c. mort.
   d. romantique.

   La couleur qui domine le paysage final est :
   a. le bleu aveuglant de la Méditerranée.
   b. la grisaille des pierres et des ruines du château.
   c. le rouge sang du soleil couchant.

   Cette couleur reflète :
   a. l'émerveillement devant la beauté violente de la nature méditerranéenne.
   b. le plaisir de baigner dans la chaleur voluptueuse de la nature méditerranéenne.
   c. le désespoir devant la cruauté aveugle de la vie.

PARCOURS N° 2 : qui a tort ? Qui a raison ? dans *Aux Champs*

À vous de mener l'enquête dans *Aux champs* !

M. et Mme d'Hubières

1. Au début de la nouvelle, M. et Mme d'Hubières veulent :
   a. élever et éduquer l'un des enfants des paysans et, s'il leur donne satisfaction, l'adopter définitivement.
   b. soulager la misère des paysans en prenant en charge l'un de leurs enfants.

2. En échange, les d'Hubières proposent aux paysans :

- **a.** de leur verser un revenu mensuel.
- **b.** d'ouvrir à leur fils un livret de caisse d'épargne.
- **c.** d'inscrire leur fils sur leur testament.

3. Le marché est choquant. Mais certaines circonstances empêchent de condamner trop vite les d'Hubières car :

- **a.** Mme d'Hubières n'a pas d'enfant et elle ne peut peut-être pas en avoir, alors on comprend qu'elle veuille en adopter un.
- **b.** Mme d'Hubières est une femme gâtée et capricieuse, qui croit qu'on peut tout acheter avec de l'argent, mais les paysans, de leur côté, sont cupides.

4. De plus, les d'Hubières tiennent leurs promesses, car :

- **a.** ils versent aux Vallin la rente promise.
- **b.** ils s'occupent bien de l'éducation du petit Vallin, qui devient un beau jeune homme.
- **c.** ils n'empêchent pas le petit Vallin de retourner voir ses parents.

La mère Tuvache

5. La mère Tuvache est à première vue une personne tout à fait admirable, car :

- **a.** en bonne mère, elle n'hésite pas un instant à rejeter la proposition des d'Hubières.
- **b.** elle résiste vaillamment à la tentation de l'argent malgré sa misère.

6. Après que les Vallin ont accepté la proposition des d'Hubières, la mère Tuvache se montre beaucoup moins admirable. En effet :

- **a.** elle se vante de ne pas avoir « vendu son enfant ».
- **b.** elle insulte les d'Hubières.
- **c.** elle insulte les Vallin.
- **d.** elle essaie de monter les gens contre les Vallin.
- **e.** elle finit par se croire supérieure à tout le monde.

7. À la fin de la nouvelle, on la plaint pourtant un peu, parce que :

- **a.** avec le temps, la vie de la famille Tuvache est devenue encore plus difficile.

b. la solidarité entre voisins a été détruite.

c. le fils dont elle a refusé de se séparer se montre ingrat et injuste envers elle.

Les Vallin

8. Les Vallin ne sont guère admirables. En effet :

a. dès que les d'Hubières parlent d'argent, ils se laissent convaincre de se séparer de leur fils.

b. ils marchandent le montant de la rente que leur proposent les d'Hubières en échange de leur enfant.

c. ils se moquent ensuite de la misère des Tuvache.

d. plus tard, ils exhibent avec ostentation dans tout le village le beau jeune homme qu'est devenu le fils qu'ils ont « vendu » aux d'Hubières.

9. Les Vallin ont eux aussi des « circonstances atténuantes », car :

a. ils sont aussi misérables que les Tuvache.

b. ils sont plus misérables que les Tuvache.

Charlot, le fils Tuvache

10. Charlot n'est guère admirable non plus, car :

a. enfant, il se croit supérieur à ses camarades parce que sa mère ne l'a pas vendu.

b. jeune homme, il est jaloux de l'élégance du jeune Vallin.

c. il reproche injustement à ses parents de ne pas l'avoir « vendu ».

d. il reproche injustement à ses parents leur condition de paysans pauvres.

11. Mais Charlot a lui aussi des « circonstances atténuantes » :

a. si, enfant, il se croit supérieur à ses camarades, c'est parce que sa mère ne cesse de lui répéter quelle bonne mère elle a été de ne pas l'avoir « vendu ».

b. jeune homme, il a une vie particulièrement dure : comme son frère aîné est parti au service militaire, et que son autre frère est mort, c'est lui qui doit nourrir toute la famille.

Conclusion de l'enquête

12. La morale de cette histoire, c'est que :

a. tout le monde a des torts, c'est bien triste, mais il ne sert à rien de blâmer les uns ou les autres.

b. l'argent corrompt tout, c'est lui le vrai et seul coupable.

PARCOURS N° 3 : à vos pinceaux ! dans *Le Baptême*

Dans *Le Baptême*, une famille de paysans normands, en habits du dimanche, debout dans la cour de leur ferme, s'apprête à se rendre au village voisin pour faire baptiser le dernier-né.

1. Reconstituez le tableau.

La scène se déroule pendant le mois de ....

Cette famille de paysans est la famille ....

2. Plantez le décor et barrez les intrus.

Une grosse truie et ses petits ; des canards qui se dandinent ; des hirondelles qui filent comme des flèches ; des mouettes qui filent comme des flèches ; une mare ; une vache au souffle chaud ; des coquelicots ; des pissenlits ; un tas de fumier ; des pommiers en fleur ; des mimosas en fleur ; un grand chêne noueux ; de grands hêtres immobiles.

3. Retrouvez les images.

Le grand-père est noueux comme :

a. un vieil olivier.

b. un pied de vigne.

c. un tronc de chêne.

Et les deux grands-mères, courbées par les travaux, sont fanées comme :

a. des bouquets de fleurs sèches.

b. de vieilles pommes.

c. de vieilles dentelles.

4. D'une flèche, réunissez les deux parents du bébé.

une jeune femme grande, mince et rougeaude •	• un petit homme trapu, et en blouse bleue et foulard rouge
une petite jeune femme menue et pâle •	• un grand jeune homme de dix-huit ans, déjà un peu voûté par les travaux des champs
une jeune femme grande et forte au teint frais •	• un homme grand et droit en habits du dimanche

5. Rétablissez les bonnes couleurs.

La grosse sage-femme tient dans ses bras un enfant aux yeux ...., enveloppé de linges .... Elle porte un bonnet .... et un châle .... Dans l'air voltigent les pétales .... et .... des fleurs de pommier, et dans l'herbe haute, les pissenlits sont .... comme des flammes, et les coquelicots .... comme des gouttes de sang.

6. Parmi les couleurs suivantes, choisissez celles qui conviendront pour votre tableau, et disposez-les sur la palette en page suivante à l'aide de crayons ou de feutres :

Blanc ; bleu céruléum ; bleu de Prusse ; terre d'ombre naturelle ; ocre rouge ; rouge vermillon ; rose ; vert vif ; vert émeraude ; jaune d'or ; jaune citron ; ocre jaune ; noir.

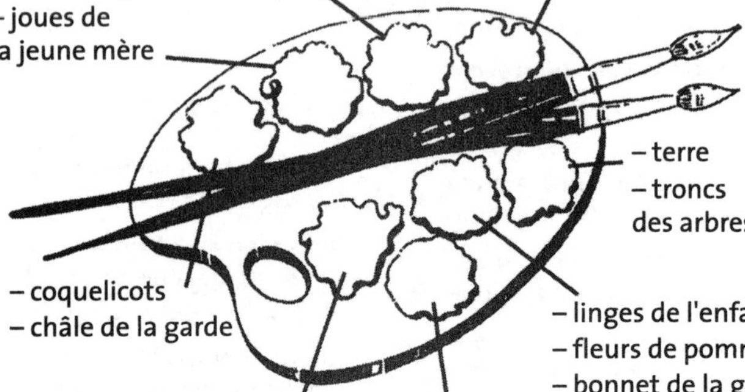

Le malheur d'être orphelin

(groupement de textes n° 1)

Dans de nombreuses nouvelles, Maupassant s'intéresse à la vie des enfants privés de parents. Mlle Perle est abandonnée aux abords d'une maison, les camarades de Simon se moquent de lui parce qu'il ne connaît pas son père ; dans *Le Père*, un fonctionnaire décide de ne pas reconnaître son fils ; dans *Aux champs*, un enfant est vendu par une famille de paysans à un couple de bourgeois aisés. L'écrivain offre ainsi une peinture réaliste de la société du XIXe siècle, où les orphelins étaient nombreux. D'autres auteurs de son époque se sont montrés sensibles eux aussi au destin des enfants abandonnés, qui doivent se débrouiller seuls pour survivre.

Hugo, *L'Homme qui rit* (1869)

Dans *L'Homme qui rit*, Victor Hugo (1802-1885) développe une réflexion politique sur les injustices sociales. Il situe son intrigue en Angleterre, au tournant du XVIIe et du XVIIIe siècle, où l'on suit son héros Gwynplaine. Ce jeune garçon, que l'on a kidnappé et défiguré à sa naissance, est abandonné par des vendeurs d'enfants, en plein milieu d'une nuit d'hiver. Promis à une mort certaine s'il ne trouve pas rapidement un endroit où se reposer, il marche pendant très longtemps à travers la campagne enneigée. Tout à coup, il entend plusieurs cris. Il choisit de se diriger vers les plaintes et fait une découverte effrayante.

[Une découverte bouleversante]

Il vit se modeler, sous la neige qu'il écartait, une forme, et tout à coup, sous ses mains, dans le creux qu'il avait fait, apparut une face pâle.

Ce n'était point cette face qui criait. Elle avait les yeux fermés et la bouche ouverte, mais pleine de neige.

Elle était immobile. Elle ne bougea pas sous la main de l'enfant. L'enfant, qui avait l'onglée aux doigts[1], tressaillit en touchant le froid de ce visage. C'était la tête d'une femme. Les cheveux épars étaient mêlés à la neige. Cette femme était morte.

L'enfant se remit à écarter la neige. Le cou de la morte se dégagea, puis le haut du torse, dont on voyait la chair sous des haillons.

Soudainement il sentit sous son tâtonnement un mouvement faible. C'était quelque chose de petit qui était enseveli, et qui remuait. L'enfant ôta vivement la neige, et découvrit un misérable corps d'avorton, chétif, blême de froid, encore vivant, nu sur le sein nu de la morte.

C'était une petite fille.

Elle était emmaillottée, mais de pas assez de guenilles, et, en se débattant, elle était sortie de ses loques. Sous elle ses pauvres membres maigres, et son haleine au-dessus d'elle, avaient un peu fait fondre la neige. Une nourrice lui eût donné cinq ou six mois, mais elle avait un an peut-être, car la croissance dans la misère subit de

1. ***Qui avait l'onglée aux doigts*** : dont les doigts étaient engourdis par le froid.

navrantes réductions qui vont parfois jusqu'au rachitisme[1]. Quand son visage fut à l'air, elle poussa un cri, continuation de son sanglot de détresse. Pour que la mère n'eût pas entendu ce sanglot, il fallait qu'elle fût bien profondément morte.

L'enfant prit la petite dans ses bras.

Victor Hugo, *L'Homme qui rit*,
GF-Flammarion, 1982, part. I, livre III, chap. II, p. 209-210.

Questions

1. Comment Victor Hugo met-il en scène la découverte de l'enfant ? Quel est le registre employé ?

2. Quels sont les éléments qui dévoilent la condition misérable de l'enfant trouvée sous la neige ?

3. Pourquoi peut-on dire que Victor Hugo dénonce la misère humaine dans cet extrait ?

4. Dans la nouvelle *Mademoiselle Perle*, relisez le passage qui va de « En nous voyant approcher » (p. 88, l. 340) à « de rouler devant nous notre trouvaille » (p. 88, l. 354-355). Puis faites une comparaison entre les deux extraits.

Dickens, *Oliver Twist* (1837-1839)

La société anglaise du XIXe siècle est la toile de fond des romans de Charles Dickens (1812-1870), qui dénonce la misère par des tableaux particulièrement réalistes. Dans son œuvre la plus célèbre, *Oliver Twist*, le jeune garçon éponyme n'a pas de parents. Il est d'abord envoyé dans un hospice, c'est-à-dire un établissement

1. Maladie causée par un manque d'exposition au soleil, le ***rachitisme*** entraîne des problèmes de croissance et de développement osseux.

qui recueillait à l'époque les personnes les plus pauvres et celles qui ne pouvaient pas subvenir à leurs besoins, comme les orphelins, les vieillards ou les gens en situation de handicap mental, puis il travaille pour un croque-mort. Il subit alors les moqueries de l'autre apprenti.

[Une insupportable provocation]

[I]l s'ensuivit un bref intervalle de temps, et Noé[1] Claypole, qui avait faim et était de méchante humeur, se dit qu'il ne saurait en faire meilleur usage que s'il taquinait et torturait le jeune Olivier Twist.

Tout à la pensée de cette innocente récréation, Noé mit ses pieds sur la nappe, et tira les cheveux d'Olivier, puis ses oreilles ; et se déclara d'avis qu'il était un « cafard » ; en outre il lui fit part de son intention de venir le voir pendre, le jour où cet heureux événement aurait lieu ; et il aborda divers autres sujets de taquinerie mesquine[2], en méchant et hargneux pupille de l'assistance[3] qu'il était. Mais, comme aucun de ses sarcasmes n'aboutit à l'effet recherché (faire pleurer Olivier), Noé s'efforça d'être encore plus facétieux, et dans cette intention il fit ce que font parfois, aujourd'hui encore, nombre de petits esprits, bien plus réputés que Noé, lorsqu'ils veulent être drôles. Il s'attaqua à sa vie privée.

« Eh, l'Asile[4], dit Noé, comment qu'elle va, ta mère ?

– Elle est morte, répondit Olivier ; ne me parlez pas d'elle ! »

Le visage d'Olivier s'empourpra quand il dit ces mots ; son souffle devint plus rapide ; et sa bouche et ses narines furent agitées d'un mouvement curieux, où M. Claypole vit l'annonce d'une violente

---

1. Dans cette traduction, qui date des années 1950, les prénoms des personnages ont été francisés : « Noé » s'appelle Noah dans la version originale et « Olivier » désigne Oliver Twist.

2. ***Mesquine*** : sans importance, gratuite.

3. ***Pupille de l'assistance*** : enfant pauvre. Bien qu'il se moque d'Olivier pour cette raison, Noé n'est pas lui-même dans une position sociale plus favorable.

4. ***L'Asile*** : surnom que donne Noé à Olivier, en référence à l'hospice qui l'a recueilli avant son arrivée chez le croque-mort.

crise de larmes imminente. C'est sous l'effet de cette impression qu'il revint à la charge.

« De quoi qu'elle est morte, l'Asile ? demanda Noé.

– De chagrin, à ce que m'ont dit deux ou trois de nos vieilles infirmières, répondit Olivier, plutôt comme pour se parler à lui-même que pour répliquer à Noé. Je crois que je comprends ce que cela doit être de mourir de chagrin !

– Tra lalalala, tra lalalalère, l'Asile, dit Noé, tandis qu'une larme coulait sur la joue d'Olivier. Qu'est-ce qui te fait pleurnicher maintenant ?

– Ce n'est pas vous, répondit Olivier, en essuyant précipitamment cette larme. N'allez pas vous figurer cela.

– Ah, c'est pas moi, tiens ! fit Noé, ricanant.

– Non, ce n'est pas vous, répondit sèchement Olivier. Là ; en voilà assez. Ne me parlez plus d'elle ; cela vaudra mieux pour vous !

– Ça vaudra mieux ! s'écria Noé. Ma parole ! Ça vaudra mieux ! Pas d'impudences[1], l'Asile. Et tout ça pour ta mère, encore ! C'était quelqu'un de bien, ta mère. Sapristi ! »

Là-dessus, Noé hocha la tête de façon expressive ; et de froncer toute la partie de son petit nez rouge que son énergie musculaire put rassembler à cet effet.

« Tu sais, l'Asile, poursuivit Noé, enhardi par le silence d'Olivier, et parlant sur un ton ironique de fausse pitié (le plus exaspérant de tous les tons possibles) ; tu sais, l'Asile, on y peut rien maintenant ; et bien sûr que c'est pas toi qui y pouvais quelque chose à ce moment-là ; et ça me fait beaucoup de peine ; et je t'assure que tout le monde est comme moi, et qu'on a drôlement pitié de toi. Mais faut que tu saches, l'Asile, que ta mère, c'était une fameuse pourriture.

– Que dites-vous ? demanda Olivier, en levant les yeux avec beaucoup de vivacité.

– Une fameuse pourriture, l'Asile, répondit Noé avec calme. Et ça vaut bien mieux, l'Asile, qu'elle soye morte à ce moment-là, parce que

1. ***Impudences*** : paroles irrespectueuses, offenses.

sans ça elle aurait été aux travaux forcés à Bridewell[1], ou en déportation[2], ou pendue, ce qu'est encore le plus probable, pas vrai ? »

Empourpré de fureur, Olivier se leva d'un bond, renversa la chaise et la table, prit Noé à la gorge, et, sous l'empire de sa violente colère, le secoua tant que ses dents s'entrechoquèrent dans sa tête ; puis, rassemblant toutes ses forces en un seul coup brutal, il le fit tomber de tout son long.

Charles Dickens, *Oliver Twist*, trad. Sylvère Monod,
© Classiques Garnier, Paris, 1981,
chap. VI, p. 126-128.

Questions

1. Quel est l'objectif de Noé ? Quels moyens utilise-t-il pour parvenir à ses fins ?

2. Quelles sont les réactions d'Olivier ?

3. À quel moment Olivier se rue-t-il contre Noé ? Pourquoi ?

Verne, *P'tit-Bonhomme* (1893)

Jules Verne (1828-1905) semble s'être inspiré d'*Oliver Twist* pour son roman *P'tit-Bonhomme*, qui dépeint une société miséreuse. L'écrivain fait de l'Irlande le décor de son récit ; son personnage principal, P'tit-Bonhomme, est un orphelin. Pour le protéger, on l'envoie dans un pensionnat. Mais les conditions restent difficiles : ses camarades ne le laissent pas tranquille. Heureusement, il peut compter sur son ami, Grip, qui veille sur lui.

---

1. ***Bridewell*** : prison de Londres.
2. ***En déportation*** : la Grande-Bretagne déportait une partie des personnes condamnées par la justice dans ses colonies, principalement en Australie au XIXe siècle.

[Un protecteur dévoué]

En rentrant à l'école, Grip crut devoir attirer l'attention de M. O'Bodkins sur la conduite de Carker et des autres. Ce ne fut point pour parler des tours qu'on lui jouait et dont il ne s'apercevait même pas la plupart du temps. Non ! il s'agissait de P'tit-Bonhomme et des mauvais traitements auxquels il était en butte. Cette fois, cela avait été poussé si loin que, sans l'intervention de Grip, il y aurait maintenant un cadavre d'enfant que les lames [1] rouleraient sur la grève [2] de Salthill.

Pour toute réponse, Grip n'obtint qu'un hochement de tête de M. O'Bodkins. Il aurait dû le comprendre, c'étaient de ces choses qui ne regardent point la comptabilité. Que diable ! le grand-livre ne peut avoir une colonne pour les taloches et une autre pour les coups de pied ! Cela ne saurait pas plus s'additionner, en bonne arithmétique [3], que trois cailloux et cinq chardonnerets [4]. Sans doute M. O'Bodkins avait comme directeur le devoir de s'inquiéter des agissements de ses pensionnaires ; mais, comme comptable, il se borna à envoyer promener le surveillant de l'école.

À partir de ce jour, Grip résolut de ne plus perdre de vue son protégé, de ne jamais le laisser seul dans la grande salle, et, quand il sortait, il prenait soin de l'enfermer au fond de son galetas [5], où du moins l'enfant se trouvait en sûreté.

Jules Verne, *P'tit-Bonhomme*, Hetzel,
1893, chap. V, p. 48.

Questions

1. Comment réagit M. O'Bodkins quand Grip vient lui annoncer les mauvais traitements que subit P'tit-Bonhomme ?

2. Que choisit de faire Grip, lorsqu'il comprend qu'il ne peut pas compter sur M. O'Bodkins ?

---

1. ***Lames*** : grosses vagues.
2. ***La grève*** : le bord de mer, la plage.
3. ***Arithmétique*** : branche des mathématiques qui s'intéresse à l'étude des nombres.
4. Les ***chardonnerets*** sont de petits oiseaux au plumage coloré.
5. ***Galetas*** : logement misérable.

Le rôle primordial de la servante (groupement de textes n° 2)

Dans ses nouvelles, qui peignent la vie quotidienne de la société française au XIXe siècle, Maupassant accorde beaucoup d'attention aux personnages de servante. *Mademoiselle Perle* en offre un parfait exemple. C'est la nouvelle la plus longue de ce recueil et elle se distingue des autres récits par son organisation : elle est divisée en quatre courts chapitres. Elle a pour personnage principal une servante dont on ne connait que le nom de famille : Perle (nom inventé). La littérature des siècles passés avait déjà attribué plusieurs rôles traditionnels aux servantes. Tantôt confidente (comme Œnone, dans *Phèdre*), tantôt conseillère (telle Brangien, dans *Tristan et Iseut*) de ses maîtres, la servante peut aussi s'opposer à eux en incarnant la voix de la raison face à leurs dérives (comme Toinette, dans *Le Malade imaginaire*).

Racine, *Phèdre* (1677)

Jean Racine (1639-1699) emprunte à la mythologie grecque l'histoire tragique de Phèdre et en fait le sujet d'une pièce de théâtre créée en 1677. La reine Phèdre aime Hippolyte, le fils de son nouveau mari : Thésée. Dans l'extrait suivant, Œnone, sa servante, remarque que sa maîtresse cache un terrible secret, qui la ronge. Elle cherche alors à l'aider et la pousse à se confier.

Acte I, scène 3

ŒNONE

Quoi ! de quelques remords êtes-vous déchirée ?
Quel crime a pu produire un trouble si pressant[1] ?
Vos mains n'ont point trempé dans le sang innocent ?

1. ***Pressant*** : accablant.

PHÈDRE

Grâces au ciel, mes mains ne sont point criminelles.
Plût aux dieux que mon cœur fût innocent comme elles !

ŒNONE

Et quel affreux projet avez-vous enfanté,
Dont votre cœur encor doive être épouvanté ?

PHÈDRE

Je t'en ai dit assez. Épargne-moi le reste.
Je meurs, pour ne point faire un aveu si funeste.

ŒNONE

Mourez donc, et gardez un silence inhumain.
Mais pour fermer vos yeux cherchez une autre main [1].
Quoiqu'il vous reste à peine une faible lumière,
Mon âme chez les morts descendra la première.
Mille chemins ouverts y conduisent toujours,
Et ma juste douleur choisira les plus courts.
Cruelle, quand ma foi [2] vous a-t-elle déçue ?
Songez-vous qu'en naissant mes bras vous ont reçue ?
Mon pays, mes enfants, pour vous j'ai tout quitté.
Réserviez-vous ce prix à ma fidélité ?

PHÈDRE

Quel fruit [3] espères-tu de tant de violence ?
Tu frémiras d'horreur si je romps le silence.

ŒNONE

Et que me direz-vous, qui ne cède, grands dieux !
À l'horreur [4] de vous voir expirer à mes yeux ?

PHÈDRE

Quand tu sauras mon crime, et le sort qui m'accable,
Je n'en mourrai pas moins, j'en mourrai plus coupable.

---

1. ***Pour fermer [...] une autre main*** : cherchez quelqu'un d'autre que moi pour vous aider à mourir.
2. ***Ma foi*** : mon dévouement, mon assistance.
3. ***Quel fruit*** : quel résultat, quel bénéfice.
4. ***Qui ne cède [...] à l'horreur*** : qui soit plus effrayant que.

ŒNONE

Madame, au nom des pleurs que pour vous j'ai versés,
Par vos faibles genoux, que je tiens embrassés [1],
Délivrez mon esprit de ce funeste doute.

PHÈDRE

Tu le veux. Lève-toi.

ŒNONE

Parlez. Je vous écoute.

PHÈDRE

Ciel ! que lui vais-je dire ? Et par où commencer ?

ŒNONE

Par de vaines frayeurs cessez de m'offenser.
[…]

PHÈDRE

Puisque Vénus le veut, de ce sang déplorable [2]
Je péris la dernière, et la plus misérable.

ŒNONE

Aimez-vous ?

PHÈDRE

De l'amour j'ai toutes les fureurs [3].

ŒNONE

Pour qui ?

PHÈDRE

Tu vas ouïr [4] le comble des horreurs.
J'aime… à ce nom fatal, je tremble, je frissonne.
J'aime…

---

1. Dans l'Antiquité, les suppliants embrassaient les genoux de leur interlocuteur.
2. ***De ce sang déplorable*** : de la famille malheureuse de Phèdre, dont les membres sont punis pour avoir offensé la déesse Vénus.
3. ***Fureurs*** : passions, emportements.
4. ***Ouïr*** : entendre, écouter.

Œnone

Qui ?

Phèdre

Tu connais ce fils de l'Amazone [1],
Ce prince si longtemps par moi-même opprimé.

Œnone

Hippolyte ! Grands dieux !

Phèdre

C'est toi qui l'as nommé.

Jean Racine, *Phèdre*, Flammarion, coll. « Étonnants Classiques », 2019, I, 3, v. 218-248 et 257-264, p. 61-66.

Questions

1. Quelle menace Œnone adresse-t-elle à Phèdre pour que cette dernière se confie ? Pourquoi peut-on dire qu'elle lui fait du chantage ?

2. La menace ayant échoué, que fait Œnone pour que Phèdre accepte enfin de dévoiler le mal qui la ronge ?

3. Quelle est l'attitude d'Œnone au moment où Phèdre cherche ses mots, au moment où elle s'apprête à se confier ?

Anonyme, *Tristan et Iseut* (XIIe-XIIIe siècles)

L'histoire de *Tristan et Iseut* (XIIe-XIIIe siècles) est particulièrement tragiques. Iseut va épouser le roi Marc, le protecteur et l'oncle de Tristan. La mère d'Iseut a confié à la servante Brangien un breuvage

1. ***Le fils de l'Amazone*** : dans la mythologie, Hippolyte est le fils de Thésée et de la reine des Amazones, un peuple de guerrières.

magique qui doit rendre amoureux sa fille et le roi Marc, mais c'est avec Tristan qu'Iseut a bu le philtre d'amour. Désormais, le couple s'aime d'un amour interdit. Dans l'extrait suivant, Brangien reconnaît son erreur et supplie les nouveaux amants de retenir leur passion, de ne pas dévoiler leurs sentiments.

[L'aveu]

Mais, alors que pour la première fois tous les deux savouraient le plaisir de l'amour, Brangien, qui les épiait, poussa un cri, et, les bras tendus, la face trempée de larmes, se jeta à leurs pieds :

« Malheureux ! arrêtez-vous, et faites marche arrière, si vous le pouvez encore ! Mais non, la voie est sans retour, déjà la force de l'amour vous entraîne et jamais plus vous n'aurez de joie sans douleur. C'est la potion aux herbes qui vous possède, le philtre d'amour que votre mère, Iseut, m'avait confié. Seul le roi Marc devait le boire avec vous ; mais l'Ennemi[1] s'est joué de nous trois, et c'est vous qui avez vidé la coupe. Ami Tristan, Iseut amie, pour me punir de ne pas vous avoir correctement protégés, je vous abandonne mon corps, ma vie ; car, à cause de mon crime, dans la coupe maudite, vous avez bu l'amour et la mort ! »

Tristan et Iseut, Flammarion, coll. « Étonnants Classiques », 2019, chap. IV, p. 55.

Questions

1. Comment Brangien réagit-elle lorsqu'elle aperçoit Tristan et Iseut enlacés ?

2. Quel aveu Brangien leur fait-elle ?

3. Quels sont les deux mots que Brangien rapproche pour exprimer l'ampleur de sa faute ?

---

1. ***L'Ennemi*** : le diable.

Molière, *Le Malade imaginaire* (1673)

Le Malade imaginaire (1673) est la dernière pièce de théâtre écrite par Molière (1622-1673). Argan, le personnage principal, pense être malade, alors qu'il est en bonne santé. Les médecins qui s'occupent de lui en profitent pour lui prendre son argent en lui prescrivant des médicaments et des remèdes inutiles. Dans l'extrait suivant, Argan veut absolument marier sa fille Angélique à Thomas Diafoirus, parce qu'il est docteur. La servante, Toinette, s'y oppose car elle juge que ce n'est pas le mari qu'il faut à sa maîtresse ; en outre, celle-ci aime déjà un autre homme.

Acte I, scène 5

ARGAN. – Je lui commande absolument de se préparer à prendre le mari que je dis.

TOINETTE. – Et moi, je lui défends absolument d'en faire rien.

ARGAN. – Où est-ce donc que nous sommes ? et quelle audace est-ce là à une coquine de servante de parler de la sorte devant son maître ?

TOINETTE. – Quand un maître ne songe pas à ce qu'il fait, une servante bien sensée[1] est en droit de le redresser[2].

ARGAN *court après Toinette.* – Ah ! insolente, il faut que je t'assomme.

TOINETTE *se sauve de lui.* – Il est de mon devoir de m'opposer aux choses qui vous peuvent déshonorer.

ARGAN, *en colère, court après elle autour de sa chaise, son bâton à la main.* – Viens, viens, que je t'apprenne à parler.

TOINETTE, *courant, et se sauvant du côté de la chaise où n'est pas Argan.* – Je m'intéresse, comme je dois, à ne vous point laisser faire de folie.

ARGAN. – Chienne !

---

1. ***Bien sensée*** : pourvue de bon sens.
2. ***Redresser*** : remettre dans le droit chemin.

TOINETTE. – Non, je ne consentirai jamais à ce mariage.

ARGAN. – Pendarde[1] !

TOINETTE. – Je ne veux point qu'elle épouse votre Thomas Diafoirus.

ARGAN. – Carogne[2] !

TOINETTE. – Et elle m'obéira plutôt qu'à vous.

ARGAN. – Angélique, tu ne veux pas m'arrêter cette coquine-là ?

ANGÉLIQUE. – Eh ! mon père, ne vous faites point malade.

ARGAN. – Si tu ne me l'arrêtes, je te donnerai ma malédiction.

TOINETTE. – Et moi je la déshériterai, si elle vous obéit.

ARGAN *se jette dans sa chaise, étant las*[3] *de courir après elle.* – Ah ! ah ! je n'en puis plus. Voilà pour me faire mourir.

Molière, *Le Malade imaginaire*, Flammarion, coll. « Étonnants Classiques », 2020, I, 5, p. 60-61.

Questions

1. Quel argument Toinette avance-t-elle pour s'opposer ainsi à son maître ?

2. Quelle est la réaction d'Argan ? En quoi est-ce ironique ?

3. Quelles sont les menaces adressées à Angélique si celle-ci ne retient pas Toinette ? En quoi est-ce comique ?

À vos plumes !

Faites une courte synthèse (10-15 lignes) qui montrera en quoi la servante a un rôle primordial auprès du maître ou de la maîtresse en vous servant non seulement des textes proposés ci-dessus, mais aussi des nouvelles de Maupassant.

1. ***Pendarde*** : vaurienne, qui mérite d'être pendue.
2. ***Carogne*** : méchante, vilaine.
3. ***Las*** : fatigué.

La religion au quotidien
(groupement de textes n° 3)

La religion occupe une place importante dans la société française du XIXe siècle, majoritairement catholique. La séparation des Églises et de l'État n'est inscrite dans la loi qu'en 1905 ; à l'époque de Maupassant, les rites religieux rythment l'ordinaire (la messe du dimanche, la confession) et marquent les grandes occasions (le baptême des nourrissons, le mariage, les derniers sacrements sur le lit de mort). L'écrivain met en scène cette omniprésence de la religion, qui apparaît dans ses nouvelles, tantôt au second plan (*La Confession*), tantôt au premier (*Le Baptême*). Il interroge le pouvoir qu'elle peut avoir sur les individus et les usages que ceux-ci peuvent en faire. Cette réflexion, qui s'est poursuivie après lui, trouve aussi des échos dans les œuvres de ses prédécesseurs.

Molière, *Le Tartuffe* (1669)

Le Tartuffe ou l'Imposteur est une comédie de Molière (1622-1673) dont le propos sur la religion fut si controversé que la pièce dut être récrite deux fois pour échapper à la censure. Tartuffe est un faux dévot : ce personnage prétend être très religieux pour abuser de la confiance du crédule Orgon, le dépouiller de ses biens et séduire sa femme. Cléante, le beau-frère d'Orgon, n'est pas dupe de la supercherie, contre laquelle il tente de le mettre en garde. Dans la tirade suivante, il oppose deux types de pratiques religieuses : celle qui est sincère et désintéressée, et celle qui relève d'une stratégie pour acquérir une meilleure position sociale.

Acte I, scène 5

Mais, en un mot, je sais, pour toute ma science,
Du faux avec le vrai faire la différence.
Et comme je ne vois nul genre de héros

Qui soient plus à priser que les parfaits dévots,
Aucune chose au monde et plus noble et plus belle
Que la sainte ferveur d'un véritable zèle,
Aussi ne vois-je rien qui soit plus odieux
Que le dehors plâtré [1] d'un zèle spécieux [2],
Que ces francs charlatans, que ces dévots de place [3],
De qui la sacrilège et trompeuse grimace
Abuse impunément et se joue [4] à leur gré
De ce qu'ont les mortels de plus saint et sacré.
Ces gens qui, par une âme à l'intérêt soumise,
Font de dévotion métier et marchandise,
Et veulent acheter crédit, et dignités
À prix de faux clins d'yeux et d'élans affectés.
Ces gens, dis-je, qu'on voit d'une ardeur non commune
Par le chemin du Ciel courir à leur fortune,
Qui, brûlants et priants, demandent chaque jour,
Et prêchent la retraite au milieu de la cour,
Qui savent ajuster leur zèle avec leurs vices,
Sont prompts [5], vindicatifs, sans foi, pleins d'artifices,
Et pour perdre quelqu'un couvrent insolemment
De l'intérêt du Ciel leur fier ressentiment,
D'autant plus dangereux dans leur âpre colère
Qu'ils prennent contre nous des armes qu'on révère,
Et que leur passion, dont on leur sait bon gré,
Veut nous assassiner avec un fer sacré.
De ce faux caractère on en voit trop paraître ;
Mais les dévots de cœur sont aisés à connaître.
Notre siècle, mon frère, en expose à nos yeux,
Qui peuvent nous servir d'exemples glorieux.
Regardez Ariston, regardez Périandre,

---

1. ***Dehors plâtré*** : fausse apparence.
2. ***Spécieux*** : trompeur.
3. ***Dévots de place*** : dévots qui font étalage de leur foi en public, notamment sur les places.
4. ***Se joue*** : se moque.
5. ***Prompts*** : impulsifs, coléreux.

Oronte, Alcidamas, Polydore, Clitandre :
Ce titre par aucun ne leur est débattu [1] ;
Ce ne sont point du tout fanfarons de vertu ;
On ne voit point en eux ce faste [2] insupportable,
Et leur dévotion est humaine, est traitable [3].
Ils ne censurent point toutes nos actions,
Ils trouvent trop d'orgueil dans ces corrections,
Et laissant la fierté des paroles aux autres,
C'est par leurs actions qu'ils reprennent les nôtres.
L'apparence du mal a chez eux peu d'appui [4],
Et leur âme est portée à juger bien d'autrui ;
Point de cabale [5] en eux, point d'intrigues à suivre ;
On les voit, pour tous soins [6], se mêler de bien vivre.
Jamais contre un pécheur ils n'ont d'acharnement.
Ils attachent leur haine au péché seulement,
Et ne veulent point prendre, avec un zèle extrême,
Les intérêts du Ciel plus qu'il ne veut lui-même.
Voilà mes gens ; voilà comme il en faut user,
Voilà l'exemple enfin qu'il se faut proposer.
Votre homme, à dire vrai, n'est pas de ce modèle ;
C'est de fort bonne foi que vous vantez son zèle,
Mais par un faux éclat [7] je vous crois ébloui.

Molière, *Le Tartuffe*, Flammarion,
coll. « Étonnants Classiques », 2013,
I, 5, v. 351-407, p. 78-80.

Questions

1. Observez la progression du texte et proposez un découpage cohérent.

---

1. ***Débattu*** : contesté.
2. ***Faste*** : ostentation, affectation.
3. ***Traitable*** : accommodante.
4. ***Appui*** : crédit, soutien.
5. ***Cabale*** : machination, calcul.
6. ***Pour tous soins*** : pour toute préoccupation.
7. ***Éclat*** : gloire, réputation.

2. Que Cléante cherche-t-il à dénoncer dans la première partie de la tirade ? Étudiez les champs lexicaux convoqués.

3. Dans la deuxième partie, quelles sont les qualités des vrais dévots ? Si Cléante met ces caractéristiques en avant, que peut-on en déduire par contraste sur la personnalité de Tartuffe, à votre avis ?

Stendhal, *Le Rouge et le Noir* (1830)

Julien Sorel, héros du roman réaliste de Stendhal (1783-1842) *Le Rouge et le Noir*, est un jeune fils de charpentier, intelligent et mû par une immense ambition, qui voue une grande admiration à Napoléon. Lorsque la liaison qu'il entretient avec une femme mariée de plus haute condition est révélée au mari de cette dernière, Julien fuit le scandale et entre au séminaire de Besançon. Il espère que son séjour dans cette institution, qui forme les prêtres, lui ouvrira les portes des classes sociales supérieures, où le statut d'homme d'Église peut compenser une origine modeste. L'extrait suivant décrit son arrivée au séminaire.

[Une arrivée difficile]

Il vit de loin la croix de fer doré sur la porte ; il approcha lentement ; ses jambes semblaient se dérober sous lui. Voilà donc cet enfer sur la terre, dont je ne pourrai sortir ! Enfin il se décida à sonner. Le bruit de la cloche retentit comme dans un lieu solitaire. Au bout de dix minutes, un homme pâle, vêtu de noir, vint lui ouvrir. Julien le regarda et aussitôt baissa les yeux. Ce portier avait une physionomie [1] singulière. La pupille saillante et verte de ses yeux s'arrondissait comme celle d'un chat ; les contours immobiles de ses paupières annonçaient l'impossibilité de toute sympathie ; ses lèvres minces se développaient en demi-cercle sur des dents qui avançaient. Cependant cette physionomie ne montrait pas le crime, mais plutôt

1. ***Physionomie*** : apparence du visage, ensemble des traits.

cette insensibilité parfaite qui inspire bien plus de terreur à la jeunesse. Le seul sentiment que le regard rapide de Julien put deviner sur cette longue figure dévote fut un mépris profond pour tout ce dont on voudrait lui parler, et qui ne serait pas l'intérêt du ciel.

[...] À l'autre extrémité de la chambre, près d'une petite fenêtre à vitres jaunies, garnie de vases de fleurs tenus salement, il aperçut un homme assis devant une table, et couvert d'une soutane délabrée ; il avait l'air en colère, et prenait l'un après l'autre une foule de petits carrés de papier qu'il rangeait sur sa table, après y avoir écrit quelques mots. Il ne s'apercevait pas de la présence de Julien. Celui-ci était immobile debout vers le milieu de la chambre, là où l'avait laissé le portier, qui était ressorti en fermant la porte.

Dix minutes se passèrent ainsi ; l'homme mal vêtu écrivait toujours. L'émotion et la terreur de Julien étaient telles qu'il lui semblait être sur le point de tomber. Un philosophe eût dit, peut-être en se trompant : c'est la violente impression du laid sur une âme faite pour aimer ce qui est beau.

[...]

« Voulez-vous approcher, oui ou non ? » dit enfin cet homme avec impatience.

Julien s'avança d'un pas mal assuré, et enfin, prêt à tomber et pâle, comme de sa vie il ne l'avait été, il s'arrêta à trois pas de la petite table de bois blanc couverte de carrés de papier.

« Plus près », dit l'homme.

Julien s'avança encore en étendant la main, comme cherchant à s'appuyer sur quelque chose.

« Votre nom ?

– Julien Sorel.

– Vous avez bien tardé », lui dit-on, en attachant de nouveau sur lui un œil terrible.

Julien ne put supporter ce regard ; étendant la main comme pour se soutenir, il tomba tout de son long sur le plancher.

[...]

« Tombez-vous souvent ainsi ? dit-il à Julien en français et lui montrant du doigt le plancher.

– C'est la première fois de ma vie, la figure du portier m'avait glacé », ajouta Julien en rougissant comme un enfant.

L'abbé Pirard sourit presque.

« Voilà l'effet des vaines pompes [1] du monde ; vous êtes accoutumé apparemment à des visages riants, véritables théâtres de mensonge. La vérité est austère, Monsieur. Mais notre tâche ici-bas n'est-elle pas austère aussi ? Il faudra veiller à ce que votre conscience se tienne en garde contre cette faiblesse : *Trop de sensibilité aux vaines grâces de l'extérieur.* »

Stendhal, *Le Rouge et le Noir*, Flammarion,
coll. « Étonnants Classiques », 2019,
livre I, chap. XXV, p. 216-218 et p. 222.

Questions

1. Quels aspects du séminaire sont mis en valeur dans les deux premiers paragraphes ?

2. Quels passages du texte laissent penser que les attentes de Julien influencent peut-être sa perception des lieux ?

3. Que pouvez-vous déduire du caractère de l'abbé Pirard ? Julien paraît-il lui ressembler ?

Maupassant, *Bel-Ami* (1885)

Dans le roman *Bel-Ami* de Maupassant, le personnage principal, Georges, surnommé Bel-Ami, court les femmes et se sert de ses maîtresses pour garantir son ascension sociale. L'extrait suivant est issu du dernier chapitre. Fraîchement divorcé de Madeleine, Georges se marie avec la riche Suzanne, dont la mère fut son amante. Ces liaisons multiples ne l'empêchent pas de goûter une cérémonie religieuse en grande pompe.

1. ***Pompes*** : richesses, luxe d'apparat.

[Le mariage]

Maintenant, Georges était agenouillé à côté de sa femme dans le chœur[1], en face de l'autel illuminé. Le nouvel évêque de Tanger, crosse en main, mitre[2] en tête, apparut, sortant de la sacristie[3], pour les unir au nom de l'Éternel.

Il posa les questions d'usage, échangea les anneaux, prononça les paroles qui lient comme des chaînes, et il adressa aux nouveaux époux une allocution chrétienne. Il parla de fidélité, longuement, en termes pompeux. C'était un gros homme de grande taille, un de ces beaux prélats[4] chez qui le ventre est une majesté. [...]

Bel-Ami, à genoux à côté de Suzanne, avait baissé le front. Il se sentait en ce moment presque croyant, presque religieux, plein de reconnaissance pour la divinité qui l'avait ainsi favorisé, qui le traitait avec ces égards. Et sans savoir au juste à qui il s'adressait, il la remerciait de son succès.

Lorsque l'office fut terminé, il se redressa, et donnant le bras à sa femme, il passa dans la sacristie. Alors commença l'interminable défilé des assistants. Georges, affolé de joie, se croyait un roi qu'un peuple venait acclamer. Il serrait des mains, balbutiait des mots qui ne signifiaient rien, saluait, répondait aux compliments : « Vous êtes bien aimable. »

Maupassant, *Bel-Ami*, Flammarion,
coll. « Étonnants Classiques », 2013,
part. II, chap. X, p. 412 et 414.

Questions

1. Quels éléments soulignent la puissance de l'Église dans cet extrait ?

2. Quels indices suggèrent que Georges n'est pas très impliqué émotionnellement dans ce nouveau mariage ?

---

1. ***Le chœur*** : la partie de l'église où se situe l'autel principal.
2. ***Mitre*** : bonnet haut et pointu, fendu au milieu.
3. ***Sacrisitie*** : salle attenante à une église, garnie de meubles où sont rangés les objets nécessaires au culte.
4. ***Prélats*** : dignitaires religieux de l'Église catholique.

À vos plumes !

Choisissez l'un des extraits du groupement et l'une des nouvelles du recueil. Faites une courte synthèse (10-15 lignes) qui comparera le comportement des personnages à l'égard de la religion dans les deux textes.

Histoire des arts

La peinture réaliste

Regardez les illustrations reproduites dans le Cahier photos, puis répondez aux questions suivantes.

1. Dans l'ensemble des tableaux, quelles sont les couleurs qui dominent principalement ? Quel est l'effet produit ?

2. Observez les personnages. Comment se tiennent-ils majoritairement ? Pourquoi ?

3. Examinez le visage des personnages. Qu'est-ce qui vous surprend ? Qu'ont voulu dénoncer les peintres ?

4. Quel tableau vous interpelle le plus ? Pourquoi ?

À vos plumes !

Choisissez une œuvre et faites une courte synthèse (10-15 lignes) qui montrera comment le peintre dévoile les difficiles conditions de vie au XIXe siècle.

Notes et citations

Notes et citations

Notes et citations

Notes et citations

Notes et citations

Achevé d'imprimé en décembre 2023
à Barcelone par CPI Black Print

Création maquette intérieure :
Sarbacane Design.

Composition : IGS-CP.
N°d'édition : 631213-4
Dépôt légal: août 2020